井上光晴集

戦後文学エッセイ選13

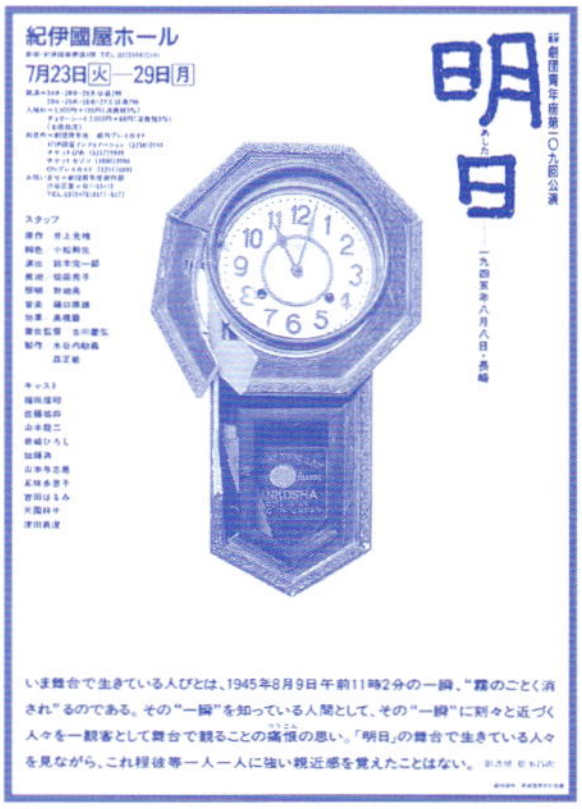

影書房

井上光晴（1984年４月29日・新潟文学伝習所にて）撮影・伊藤伸太朗

井上光晴集　目次

戦後文学エッセイ選13　井上光晴集（第一二回配本）

栞　No.11

わたしの出会った戦後文学者たち（11）

松本昌次

2008年2月

井上光晴さんが、六六歳でこの世を去ってから、早や一五年が過ぎた。しかしいまもなお、「辺境」の月一回の編集会議に、大好きだった〝オールドパー〟を大事そうに胸にかかえ、「やあー」と、独特の太い声をかけて人なつっこい笑顔で社に現われた井上さんの颯爽とした姿が、目に焼きついて離れない。いや、あるいはひょっこり井上さんが姿を見せるような錯覚にとらわれることがある。井上さんの死は、余りにも早すぎた。四〇年近い井上さんとのつきあいの一齣一齣を鮮明に想いおこしながら、戦後の最も苛烈な時代を、猛然と一挙に駈け抜けた井上さんは、文学で一体何を果たそうとしたのだろうか。絶え間なくみずからに問いかける昨今である。二つの拙文を再録させていただくことで、あらためて考えてみたい。

＊

『狼火はいまだあがらず』井上光晴追悼文集

すでに一年ほど前のことである。ある夜ぼんやりとテレビを見ていたら、その頃はまだ南アフリカ共和国の大統領ではなかったネルソン・マンデラが登場した。何か外国のドキュメンタリー番組だったが、インタビュアーが彼に「これからの世界にとって大事な言葉は何ですか」と質問した。すると彼は一旦、目の前の用紙に〝peace〟と書いたが、すぐに「書き変えてもいいですか」といって、今度は〝Freedom〟と書いたのである。

ある言いようのない感動をわたしは覚えたが、と同時に、その時から一年ほど前の一九九二年五月に亡くなった井上光晴さんのことが頭をよぎった。井上さんに向かって、「あなたは何のために小説を書いているのですか」と問うたら、言下に、「自由のために」と答えるのではないだろうか。没後に刊行された遺著『自由をわれらに』（講談社）を読んでいたからではなく、この長篇小説の表題は、まさに井上さんの全文学的生涯を、見事にいい表した象徴的なものと思える。

ネルソン・マンデラにとっての〝自由〟とは、白人支配による人種差別からの自由が最優先だろうが、この日本に生きた井上さんにとっては、天皇制支配の近代資本主義国家にまつわる諸悪からの自由であったことは明らかだろう。井上さんは、よく知られるように、戦後、いち早く共産主義運動に身を投じたが、その運動や旧ソビエト社会主義の矛盾を先駆的に作品で批判した。人間の真の自由を開花させるはずの思想が逆に人間を頽廃させるとは、井上さんはどんなにつらく無念なことだっただろう。しかし晩年、「社会主義国がこんな形で崩壊するとはねえ」と病床でつぶやきつつ、「でもなんといっても日本が一番悪いですよ」と断固としていった井上さんを忘れられない。

なんといっても日本が一番悪い――。このことを幼少時の体験からすみずみまで知った井上さんは、作品においてのみならず、わたしたちとの日常的諸関係においても、この日本での自由とは何かを、埴谷雄高さんのいう〝全身小説家〟として問いかけたのだと思う。

手前みそになるが、このほど、井上光晴追悼文集『狼火《のろし》はいまだあがらず』（影書房）を編集し、百七十篇に及ぶ追悼文を読んで、その感を深くした。井上さんは、晩年、全国十数カ所に開いた文学伝習所での講義に全力を投入した。そのために消費された体力と時間を惜しむ声もあるが、井上さんにとっては重要かつ避けることのできない文学的行為だったのである。「文学伝習所で文学を伝えることができますか」という問いに対して、井上さんは、「少なくとも魂は伝えられるでしょう」と答えている。

文学がそんなに簡単に生まれないことぐらい、井上さんは百も承知していただろう。しかし、人間にとっての自由とは何かという、文学を根底から支える〝魂〟を伝習することで、井上さんは、日本の文学のみならず、人間関係の真のありようを変革したいと願ったのである。文学界の僚友たちの悼辞は、井上さんの魅力的な人柄や奇抜なエピソード、そしてその文学的成果にふれて余すところがないが、文学伝習所及びそれと関係の深かった機関誌・同人誌など十誌に発表された百篇ほどの追悼文は、文壇というワクから外に出て〝魂〟の伝達を試みた井上さんの必死な努力の一瞬一瞬を伝えており、文章の巧拙を越えて、深い感銘を読むものに与えずにはいない。（中略）

「他人の痛みを痛みとする人間」「他者の自由をよろこび、不幸を感じとるこころ」こそが「文学の根底における優しさ」であり、「文学とは何か。それは人生における真実とは何か、という問いに重なり、また、人間のよりゆたかな自由への道を切り開く方法」と、井上さんは「文学伝習所趣意書」に書いた。

ネルソン・マンデラの〝Freedom〟という言葉の重みは、井上さんの〝自由〟と重なり合い、わたしたちの生き方をさらに日増しに鼓舞してやまないのである。（１９９４・８）

＊

井上光晴と平野謙

すでにひとむかしも前の一九七九年五月三十一日、前年四月三日にクモ膜下出血で亡くなった平野謙さんを「偲ぶ会」が、新橋・第一ホテルで開かれた。生前、まさに〝目くばり十分〟の文芸評論家だった平野さんにふさわしく、多彩な顔ぶれの参会者は二百人を越える盛会ぶりで、わたしもその末席にいた。その日から三月《みつき》もたたず世を去った中野重治が、独特の挨拶で献杯の音頭をとった。真っ白な髪と口髭、黒眼鏡、シャンと背筋を伸ばした中野重治の最後に見かけた姿は、いまも忘れ難いが、なかでも、井上光晴さんの〝爆弾発言〟は、参会者の度胆を抜いた。会の模様は、のちに関係者にのみ配られた私家版の『平野謙を偲ぶ』一冊に収められている。

井上さんの挨拶は、第二部ですでに立食《りっしょく》がはじまり、会場全体が私語でかなりざわついたなかでだったが、井上さんの大声と発言内容は次第にあたりを静まらせた。大意、井上さんは、次のように語ったのである。

――平野さんの批評の根底には「合理的な思想」、中野さんの言葉をかりれば「批評の人間性」があり、ぼくはそれを「文学の原動力」のひとつとしてきた。その平野さんが、なぜ芸術院賞恩賜賞で「天皇のしるし」の花びんを貰ったのか。平野さんをぶんなぐってでも花びんを突返してほしい、それが平野さんを最後の土壇場で救う道だと、二時間ぐらい電話で埴谷雄高さんに話したが、ついに返さなかった。いったい、なんのために「戦後の文学」をやってきたのか。平野さんの芸術院賞恩賜賞を許容した瞬間、「近代文学」グループの理念はとどめを刺された――と。

井上さんは、田宮虎彦の『愛のかたみ』を批判した平野さんの「だれかが言わねばならぬ」という言葉を枕に、最後に、尊敬している平野さんにこういう会合でこんな風に言わねばならぬ無念さをのべ、「平野さん、済みません」と結んだのである。予想もしない井上さんの〝爆弾発言〟に、会場には緊張感が走り、本多秋五さんが、井上さんの言うことは理論的に正しいが、授賞の話があった当時、食道ガンの術後で病床にあった平野さんを「泣かせることはできぬ」と、絶句しつつ釈明する一幕もあった。わたしも平野さんを自宅に見舞ったことがある。長身で凛々しい風貌の平野さんが、すっかり白髪になり、四十キロ台の体重に痩せ、胸をつかれた記憶がある。井上さんはむろん、平野さんの苦境は知っており、それゆえ埴谷さんに間接的に抗議したのだった。

井上さんが『書かれざる一章』一篇によって戦後文学の戦列に加わったことは、夙に知られている。その井上さんを、第一次戦後派に属する文芸批評家として最も早く評価したのが、平野さんだった。『書かれざる一章』など五篇を収めた単行本（近代生活社・一九五六年刊）のハサミコミには、平野・埴谷・本多・中野さんをはじめ、武井昭夫・奥野健男・佐々木基一さんが推薦文を寄せるという豪華さである。そこで平野さんは、次のように書いた。――「井上光晴こそ、一九五〇年以降の政治的混沌に身を挺して、真正面から問題の尖端を文学にまで昇華することのできたただひとりの作家にほかならない。その栄光と悲惨はまぎれもなく井上光晴に属する。／そのような栄光と悲惨のもたらしたふかい傷痕を、今後も君は文学者の特権と化して『政治と人間性』の二律背反に献身せよ。」と。

井上さんのこの一冊に感銘を受けたわたしは、小説集『ガダルカナル戦詩集』（一九五九年三月刊）、長編小説『虚構のクレーン』（一九六〇年一月刊）などの出版にかかわり、井上さんが亡くなる一九九二年五月三十日まで、その文学と人柄に近く接する機会を得たが、結局、井上さんの〝文学者の特権〟を支えたものは、諸悪の根源としての〝天皇制〟との飽くなきたたかいではなかったろうか。それゆえ、井上さんは、〝最後の土壇場〟での平野さんの〝天皇制〟への屈服を許すことができなかったのである。

平野さんが、井上さんの文学の独特の方法と文体の「全円的開花」といい、「現在小説史上の一傑作」と評価した『死者の時』（一九六〇年九月）の中心テーマは何か。それは「天皇と臣、その臣に階層と差別があるはず」がない、「天皇に対して臣はすべて同一」という無残な思想に到達することによってしか、みずからを納得させて特攻機で突入することができない被差別部落民や朝鮮人を描くことによって、〝天皇制〟の支配構造の本質を見事にひきずり出したところにある。『虚構のクレーン』では、朝鮮人の「テンノーヘイカノタメ、タンコーユク」という嘆きの声がひびき、敗戦とともに、主人公が「天皇制廃止、天皇制打倒」という考え方もあるのかと思いつめるところで小説は終わる。以後、井上さんは、さまざまな文学的実験を重ねたが、〝天皇制〟が差別された末端の人びとにどのような形で顕現するか、その現実を直視し批判する地点から、生涯、身をずらすことは決してなかったのである。

大岡昇平が芸術院会員に推されたさい、「私は生きて虜囚の辱しめを受けた人間だから天皇の前には出られない」と、相手の言葉を逆手にとって皮肉をこめて辞退したことはよく知られている。「平野謙を偲ぶ会」での井上さんの〝爆弾発言〟は、あるいは、戦後文学史の一ページも飾らぬ小さな出来事かも知れぬが、わたしにとっては忘れられない、そして貴重な経験であった。

（1995・12）

凡例

一、「戦後文学エッセイ選」全一三巻の巻順は、著者の生年月順とした。従って各巻のナンバーは便宜的なものである。

一、一つの主題で書きつがれた長篇エッセイ・紀行等はのぞき、独立したエッセイのみを収録した。

一、各エッセイの配列は、内容にかかわらず執筆年月日順とした。

一、各エッセイは、全集・著作集等をテキストとしたが、それらに収められていないものは初出紙・誌、単行本等によった。

一、明らかな誤植と思われるものは、これを訂正した。

一、表記法については、各著者の流儀等を尊重して全体の統一などははかっていない。但し、文中の引用文などを除き、すべて現代仮名遣い、新字体とした。

一、今日から見て不適切と思われる表現については、本書の性質上また時代背景等を考慮してそのままとした。

一、巻末に各エッセイの「初出一覧」及び「著書一覧」を付した。

一、全一三巻の編集方針、各巻ごとのテキスト等については、同じく巻末の「編集のことば」及び「付記」を参看されたい。

カバー＝劇団青年座公演『明日』、一九九一年七月再演チラシ・ポスター

井上光晴集

戦後文学エッセイ選 13

人間の生きる条件──戦後転向と統一戦線の問題

私は私自身の立場を中心にして問題をすすめようと思う。この種の問題をあつかう筆者の立場が特に重要なことは、すでに本多秋五（岩波講座『転向文学』）が書いているし、また逆に私の信頼する友人から「お前はあまりお前自身の立場ばかり主張するような小説や評論を書くな」と面とむかって云われたこともあるが、自分の立場をはっきりさせていくことで、かえって問題を充分一般的なものとすることができるだろう。しかも私自身の立場はそんなにこそこそしたものではない。

私は一九四五年、終戦の年の暮、日本共産党に入党し、さまざまな種類の常任生活を経て一九五二年離党した。入党の動機は私が当時、数え年二〇歳であったということである。（このことは重要だ。二〇歳というのは単に若かったという意味からではない、大日本帝国最後の徴兵検査受検者が、小学校入学以来どのような条件の下で育ってきたか……。）

私がその後一九四八年、大場康二郎と共著でだした《日本共産党オルグ集団に捧げる》というサブタイトルを持つ詩集「すばらしき人間群」のまえがきで、私はその時の状況を書いている。

「日本が敗れて、しばらくのあいだ、私は蔵原惟人の名前を知らなかった。小林多喜二と中野重治は、わずかに『蟹工船』と『斎藤茂吉ノオト』で、聞きかじっていたが、それでも宮本顕治、宮本百合子、窪川鶴次郎――もちろん、徳田球一、志賀義雄、野坂参三のことなど、何一つ聞いたこともなかったのである。

およそ、幼児の言葉のおぼえ始めのように、あらゆるものが新鮮であり、もう何もかもめずらしかった。或る朝の新聞に、大きな写真がのっていて、二三人のジャンパーを着た青年がポスターをかいており、その天皇制打倒という文字が、瞬間、なにかこう、異様にくるめくような感じで、私はもう憎いとかなんとかいう感情はなく、ただ頭の中を熱いものがいったりきたりしたことを思いだす……」「敗戦直後、リヤカーで取りにいった警察の倉庫のしみ疲れた古本の中に、黄表紙の中野重治詩集をみいだしてよんだとき、私は危く泣かんばかりであった。かつて大木惇夫の『海原にありて歌える』に感激したこと、その感激の本質的な差！　なんというちがいであろうか、私ははじめて真実の詩が、詩のなにものたるかが分ったような気がした。……」

君らは雨にぬれて君らを逐ふ日本××をおもひ出す。
君らは雨にぬれて　×　××の×をおもひ出す。

（『雨の降る品川駅』の一節）

とうたわれる中野重治の詩がそのまま感動をこめて、私を自然に党に結びつけた、といっても過言ではない。当時、私はまだおこされぬ伏字の××に、「刑務所の鎖をおもいだす」と勝手に文字を入れて朗読していた。（その伏字のおこし方が間違いであることは後でわかった。×　××の×は髯、眼鏡、猫背の彼をおもいだす、であった。）

そして離党の理由は私が入党の時、そのようにあふれる思いで考えていた《人間の生きる条件》を党はみたさない、或はその条件をみたしていくについて、党の方法と私の方法との間に本質的な違いがある、と考えたからであった。（その具体的な事情については必要だとは思うがここでは触れない、それを書けば非常に長くなるし、簡単に書けばかえって、リチャード・ライトの告白めいたものに誤解してうけとられる恐れがあり、またそのことを書くのが本稿の目的ではないからだ。）

さて、そのような動機と理由で入党し、離党した私の現在の状況と方向こそが重要なのだ。私は離党した。しかし、はっきりいって私は転向したとは考えていない。それは私の主観だけでなく、私の今までの生き方、私の書いてきた全作品にてらしてそうであり、現に「平和と独立のためにたたかう」全国的文学組織である新日本文学会に所属し、それに相当する文学活動を私は実践している。

だが党は私に「転向した」といい、客観的には「裏切者」だと罵るのだ。問題はここにある。「裏切者」というういいがかりについては、魯迅が「実際の証拠を提出できずに、出まかせに私の友人を『裏切者』と誣い『卑劣』と誣いるものにたいしては、私は反駁を加えなければならぬ。」（『徐懋庸に答え、あわせて抗日統一戦線の問題について』竹内好訳）と書いていることが、そのまま反駁になるが、「転向した」ということに対しては、離党＝転向ではないか、という複雑な匂いが、ある瞬間、私の頭に残る。（この疑問が一番危険であるが――。）

しかし離党は即転向ではない。「戦後転向」という言葉のもつ具体的な意味については、また別にくわしく考えてみなければならず、本多秋五も「簡単にいえば、日本の転向（転向文学ではない）は、一九三三年（昭和八年）に、第二次大戦の序曲の奏されるさなかに、『良心に反して』行われた。ヨーロッパの転向は、一九三七年と一九三九年に、すなわち、スペイン内乱と独ソ同盟締結を機会に、『良心の名によって』行われた。そこに日本の転向文学とヨーロッパの転向文学とを劃する一線が生じている。日本の転向文学は『没落』というに近い転向をあつかっているのに対して、ヨーロッパの転向文学は『転回』とでもいうべき理論的世界観的変換をあつかっている。そこに、敗戦にいたるまでの日本の転向文学と戦後的な意味における転向文学とを一応きりはなして考えて、はなはだしい無理を生じない理由があると思う。」と、書いており、その一節はすぐれた全体とともに適切であるが、今日、「転向」という言葉を使用する場合、私はむしろ「理論的世界観的変換」をはっきり「反平和・反人間的変換」といった方が、より具体的であると思う。

「転向」という言葉にこだわるわけではないが、反共と非共とは明らかにちがうのであり、現在の状況では「転向」とは（文字本来の意味とは別に）、戦争を挑発しようとする死の商人の一群・その勢力＝人間の敵の群れ、に理論的（?）実践的に投ずる場合にのみ、使用すべきではないか。いわばスターリンの方法からハロルド・ラスキの方法への「転向」は転向ではなく、そう考えていくことで、各々の方法に違いはあれ、平和と人間の生きる条件を求めてたたかうことを共通の目的とする統一戦線の内部を、真に統一できるのではないか。「転向」をそのようにあつかうことで、本当の統一戦線を生みだしひろげる可能性が生れるのではないか。はっきりいえば、統一戦線から転落する場合を、私は「転向」と規定したいのだ。

そこで問題をはじめに戻したいと思う。私は《人間の生きる条件》をみたす手段・方法についての意見の相違で党を離れた。しかし統一戦線の目的を目的とする限り、大局的立場と方向において私と党との努力は現在一致している。（はずだ。）手段を目的にすりかえる、手段を選ばぬ恐れがつねにコミュニズムにはあり、それが私の危惧する本質的な点だが、これは弾力ある統一戦線内部の正しい相互批判の努力の上にたてば、コミュニズムの手段をして本来の手段、目的をして本来の目的たらしめることができるのではないかと、私はこの頃新しく考えている。（統一戦線を作る上で、その中で、コミュニストでない平和主義者、人間の生きる条件を飽くまで守ろうとする人々はこの自信と努力をもって参加していくようにすればよいのだ。）

その私を党は「いったん党を離れ、そして復党しないものの政治的位置とその作家の書く作品は、客観的にはスパイ行為である」という理由で、いわゆる転向文学者＝統一戦線の敵、という場所に追いつめるのである。「お前が良い作品を書けば書くほど、お前は敵を利するのだ。」ということになる。中野重治の小説『写しもの』（「人間」二六・二）（――この小説は全体としてはあまりよくなかったが）にでてくる川田敏男の手紙なども参考になろう。

「素朴に、原則的にものを考えて下さい。そして一日も早く人民の手に帰って下さい。（君の手に帰るのはいやだね。）同志吉永の、あの労働者的な、謙虚さと素朴さに学んで下さい。『日本人民文学』誌によい作品がのればのるほど、それが『人民の敵』分派、『中央グループ声明』の正当さを見せかけ、大衆をだまし、人民とその司令部に不利をあたえるような矛盾をなくして下さい。（わかったよ、その司令部というのが、要するに、『日本人民文学』にいい作品がのると困る司令部なのだ。そして

『矛盾』は、それはそっちで直さなくちゃ、ね……）そして、よろこんで『日本人民文学』を人民のものとしてまもることができるようにして下さい。」

「それならばきくが、君たちのいう統一戦線とは一体何だ。現実の日本共産党の戦術、日本共産党の方法に意見・批判があるものは皆、統一戦線の敵なのか」

「君は脱党したのだ。はっきりいえば転向して敵につながったのだ。今日、共産党をヌキにして統一戦線がありえないことは君も知っているだろう……」

「知っているからこそ、君たちと一緒に、共同して闘いたいといっているんだ。統一戦線は君たちの党だけを守るものではない、平和と人間全体を守るものではないのか」

「統一戦線は脱党者は守らないよ」

「………」

そのような態度と考え方こそ、私が離党した理由ではないかと考えながら、それでも私たちのやっている現実の仕事（文学運動）を何とかもっと巾広く、彼らと共にやれる条件を作ろうとして、私は執拗に対話を重ねるが、問答はつねにそこで打切られるのである。打切られるだけでなく、ことごとく私（たち）の行動は、転向＝敵という眼でみられるのだ。

「もう一度具体的にきくが、君たちの考えをおしつめていくと、平野謙、竹内好、堀田善衛といった人々はどうなるのだ。この人達が本来統一戦線に属するものだということは君たちも異存なかろう。この三人と私と（文学的業績は別として）大局的な意味では立場はちがわない、と思うが……」

「くりかえしては云わない。君は復党しない限り、客観的位置としてスパイの役割を持つ。平野謙、竹内好、堀田善衛は勿論統一戦線内にあるが、前衛ではない。いわば統一戦線の友としてわれわれは長い眼でみている」

統一戦線の友として、「われわれは長い眼でみている」とは一体何か。どういうことか。それこそ平野、竹内、堀田を本質的には侮辱することではないか。私はこのような態度（長い眼でみている＝軽蔑している）にこそ、本来弾力あるべき統一戦線に、彼等――平野、竹内、堀田を代表とする考え方の人達をなかなか近づけない根本的なガンがあるのではないか、と思う。

勿論ずるずるべったりの統一戦線ではなく、闘っていく上についての激しい相互批判は平野、竹内、堀田といえどもまぬかれるものではないが、今日「長い眼でみている」などの科白は単にこの三人に対してだけでなく、確立・強化さるべき平和と人間のための統一戦線それ自体に対する思い上った言葉であろう。

このこと（統一戦線の本来のあり方）については大西巨人が宮本顕治との論争の中で適確に書いている。（この論争のあり方自体については、宮本も大西も、それこそ「統一戦線」のために大いに反省する必要があるが。）

「宮本が云う『民族解放戦線上の任務と責任』とはほかならぬこの『先頭部隊の責任』である。大西が、日本文化人会議々長でもある民主的哲学者・務台理作に対し、先頭部隊の人としての責任を問うのは、当然である。『これは、民族解放民主戦線上の任務と責任ではあるが、とくにその先頭部隊＝前衛に限定されるものではないのである。』と今日『文学運動の支配的見解』とも常識ともなっているテーゼをことさらに書き立てながら、そのテーゼを実行する特定個人については『単なる主観的願望』の問題を云々する宮本の論調は、語るに落ちたものである。会員・民主々義文学運動参加者が『どこまでも相互に対等なるべき最小の規定性の上に立つ』必要、この『対等の回復における共同の努力』の要請の現存在は、菊地章一が正確に指摘したところである。(『民主主義文学の反省』――新日本文学三月号)この対等の保持と実現のなかでこそ初めて『神を信じたものも、信じなかったものも』の美しい内容が、具体的に堅固に生き得るのである。そこにのみ真に強く豊かな統一戦線が結実し得るのである。或る特定の一群が他の人人をお客さまあつかいするような流儀、うわべの尊敬・慇懃・礼遇・手加減と裏がわの侮辱・無礼・利用主義との風潮、――ここをわれわれすべてが協力して終局的に打ち破らない限り、民主主義(文学)運動の発展も文化・文学統一戦線の確立もあり得ないのである。」(「新日本文学」二十九年五月号)

私はあまり日本共産党を問題にしすぎるように思う。しかし、率直にいって、現在、統一戦線をおしすすめていく上で、たくさんの日和見主義者、平和主義者の仮面をかぶる札つきの戦争挑発者とともに、党の現実のみえすいた政策、主人面が、最大の障害になっていると思うからだ。戦後、党を離れた人が驚くほど多数でている(事実スパイに転落した者は別として、その中には私の知っている限りすぐれた人がたくさんいる)ことを代々木は一度も真剣に考えたことはないのだろうか。伊藤律一人にシワ寄せするばかりが能ではないのだ。党に入らないコミュニストがいま日本に何人いるか、宙ぶらりんのコミュニストが幾人いるか、それだけを考えてみてもいい。(むろん入党せぬコミュニストは、それじたい問題であると私は思うが、コミュニズムの方法をその人が確信する限り、――現実には入党の手続きをとらず、自分の言動に責任をとらない手軽な場所で、しかもコミュニストのような顔をして相手を断罪するインテリ《文芸批評家も当然含む》が日本には多すぎる。）

　コミュニストすら自分の掌の中にしっかりと握りえず、どこに巾広い統一戦線を呼びかける資格があるか。戦後転向の問題も（もしそれを転向というならば、――今日の状況での転向の意味については前にのべた。）このこと（戦後の日本共産党の歩んだ道、具体的な戦術・戦略、人間に対する浅い理解と取扱い）をヌキにしては一歩も解きほぐせるものではない。

　いわんや、離党しただけで証拠もなくファシストの手先といわれ、私たちのやっている文学運動が実際に力を持てばもつほど、逆に内側からつきくずされる事態は、むしろ問題以前である。私は単に言葉だけでいっているのではない。実例をあげれば、――

　私は最近、ある地方雑誌の創刊にあたって（仮にA誌とする）小説欄の企画を依頼された。私は戦後でた「民主主義文学」の良い作品をのせることを提案し、その一つとして、以前新日本文学作品コンクールに入選した作品を作者の諒解をえて、私は転載方を世話した。そのA誌が次号に保安大学探訪記事をのせたのである。果然そこで問題になった。「井上はそのような性格の雑誌に原稿を世話することでファシズムとつながった」と共産党員達がいうのである。（その前にいっておかねばならぬが、創刊企画を私が当事者から聞いた時と反対に、全然うって変って内容的に低劣な編集ぶりをA誌はしめした。私は意見をいったが実際には改められず、私は以後その雑誌に関係することをやめた。その雑誌は三号をださずにつぶれた。）

しかし、その私の行動が、どうしてファシズムとつながるのか。A誌の編集後記に「井上先生（？）のお世話になった」と書かれたことを私がどうして自己批判せねばならぬのか、私は低劣な雑誌とはいえ（それは後でわかったが）良い作品を世話したのだ。（低劣な雑誌ということをはじめから、私が見分けきれなくて作品を世話したということは罪として私に残る。しかし、それはファシズムにつながったということではない。笑い話にもならぬアセリ＝敵をでっちあげる、の一種である。）

さらに一人の青年はそういう私（離党することで客観的にはスパイの位置に転落し、文学運動を精力的にやることで、ありもせぬ分派組織につながっていると想定される私）につながっていることで査問に附されたが（そのため、その青年は泣いて私を裏切ると、私に訴え、私から怒鳴りつけられたが）、しかも数日して逆にコミュニストであることを理由に、生計の資である洗濯屋の外交を（外交までも）米軍当局のさしがねで馘首されたのである。（お前の所にはコミュニストがいるから仕事をださない、といわれ、いっぺんにその洗濯屋の主人はふるえ上ったそうだ。）

この青年はこれから何処へいけばよいのか、ここでまた私はその青年のゆがんだ顔とだぶって魯迅の一節を思い浮かべる。

「ある青年は『裏切者』とされ、そのためすべての友人からのけものにされ、とうとう街をうろつき、行くところがなく、ついに捕えられて酷刑に処せられたではなかったか。また、ある青年はこれも同様に『裏切者』と誣いられたが、それでも勇敢に戦闘に参加したために、いまは蘇州の監獄につながれて生死の程もわからぬではないか。」（魯迅――前掲書）この青年が「すべての友人からのけものにされ」「酷刑に処せられる」ことのないよう、私にはその青年――私の友人が最後まで転向せず、統一戦線をおしすすめる積極的な一人として「勇敢に戦闘に参加」することを信ずる故に、そのことを真剣に考えるのである。

　しかし、どのようなあつかいを現実の党からうけても、私は決して反コミュニストにはなるまいと思う。私は離党したが、やはり私が前に書いた小説の題名――『病める部分』として党をみたいと思う。反共主義者の陥ちていく穴が歴史の経験にてらしてどのようなものであるか、私自身、疼くほど知っているからだ。『真昼の暗黒』の作者アーサー・ケストラーのたどった道がどのように無慙なものであるか、『コリヤーズ誌』に彼が書いた《Freedom At Long Last》一つを例にとっても明かである。《Darkness At Noon》は私は一応すぐれた作品であると思う。だがその後書かれた《The Age of Longing》がどのようにつまらぬ――通俗的＝公式反共・反人間的作品に転落しているか、私はまざまざと思いしっている。）

　そして最後に、「そうだ、カミュよ、僕も君のように、あの収容所（政治犯強制収容所―井上）を許しがたいと思っている。だが『いわゆるブルジョワ新聞』が、これを毎日利用しているやり方も、同じように許しがたい。……（中略）僕は反共主義者たちが、あの刑務所の存在を喝采するのを見たことがあるし、自分たちの良心を休ませるためにそれを利用するのを見たこともある。……（中略）カミュよ、ルウセの「暴露」が反共主義者の心のなかに、どんな感情を起したか、ひとつ話してくれないか。絶望か？　苦悩か？　人間としての羞恥か？」（『革命か反抗か』佐藤朔訳）と、ソ連の『病める部分』に対して答えたサルトルの言葉を、私はカミュのコミュニズムの方法に対する絶対否定的疑問よりも、実際に平和を守るために、有効と考えるからだ。そしてこの有効さこそ、人間が生きていく上に、欠くことのできぬ条件の一つである。

附記

戦後転向の問題と文学のかかわりあいについて——久保栄『日本の気象』、埴谷雄高『死霊』、堀田善衛『歴史』、椎名麟三『赤い孤独者』、大西巨人『たたかいの犠牲』、野間宏の党を扱った諸篇、大岡昇平『酸素』などを中心にして、私はいつか書きたいと思う。戦後転向、或は非転向の本質的な意味について、これらの作品は、それぞれのテーマを通じて（この問題の具体的な分析を）特徴的に明らかにしていると考えられるからである。

★——『日本の気象』について、小田切秀雄が「政治的運動の陥った偏向へのそれ自体としては正しい勇気ある批判」を持つことを認めながら、なお「『日本の気象』が熱心な読者と観客とをもったことのなかには、自覚的または無自覚的に『転向』の内面的よりどころを求める一部のひとびとの動向もふくまれていたことを、見ないですますことはできない。」（「平和」五三・九）と書いた問題。

★——『真空地帯』に対する佐々木基一の「一個の転向小説である」という指摘。（ついでにいえば、数多くの『真空地帯』論の中で、佐々木のこの批評（『「真空地帯」について』）がもっともすぐれている。）

★——さらに平野謙が、私——井上光晴の小説『河』を評した中で「井上の希っている根本は、政治のモラリジーリング、というよりむしろ私の手製言葉でいえば、政治のフマニジーリングということだろう。すべての政治のもつほとんど不可避のデヒューマナイゼーションに対抗する、やみがたい抗議の心が、井上の諸作の根本モティーフであることは疑いない。そのような政治のフマニジールクを共産党内部の問題として提起したところに、このわかい作者の光栄もあり、悲惨もあった。『河』の基調もまたそのような作者の『全人間的な立場』に根ざしている。しかし『河』ではそのような作者の立場が、ほとんど滑稽と紙一重のところにまで追いつめられている。手製のビラを十枚ばかりふところにして、深刻げに眼をきょろつかせている主人公のすがたは、悲惨な滑稽とでも評するしかない。注意すべきは、作者も主人公もビラまきという本来の目的を忘れて、それが一種自慰的な自己証明にまで顚倒していることに、いささかも気ずいていない事実である。」（「近代文学」五二・一二）という問題。

★――戦争中、転向即特務機関という人間のすざまじい状況をまのあたりに経験し、それを自分の内部の問題としてうけとめることで深く傷つき、「そして、あなたが仰せられるような拷問も迫害もうけたことがないのに、あろうことか、私自身あたかも転向者であるような気がし出したのでした。……恐らくそのとき存在することを止めた何かが胸中の虚点となり、それが自ら満されんことを要求し、私にものを書かせるのだと思います。」（「群像」五三・五《現代をどう生きるか》椎名鱗三との往復書簡）と書いた堀田善衛を代表とする世代と挫折の問題などが、いま、うずうずとして私の中に、真正面から対決せねばならぬ問題として、ある。

グリゴーリー的親友

私の友達にどの書物よりもショーロホフが好きだった森次庄治という男がいた。十年前、彼は九州筑後川上流のN村に行き、古寺の燃料小屋を借り受け、ただ「食べさせてもらうだけの手伝人」として、活動を開始した。当時彼からきた手紙に次のような一節がある。

「はじめ何かカラクリがあるんじゃないか、後で一度にまとめて日給を請求されでもしないかと心配しているようだったが、おいおいわれわれの真価がわかったとみえて、この頃、食べさせてもらうだけの手伝人は引く手あまただ。（中略）村長は川下のK部落というところに毎晩おいでになる。メカケが同じ家に二人いるのだ。といってもわかりにくかろうが、親娘で村長のメカケをしているのだ。母親は五十歳、娘は三十歳位だろう。しかもその親娘に通う村長をみて村人は何も批判しない。あたり前だと思っているのかあきらめているのかそれとも腹の中でこん畜生と思っているのか、まさにショーロホフ的部落だね。ショーロホフといえばわれわれの家主であるMという坊主はまさにしかりだ。京都の仏教大学を出てどうした理由からか長い間小学校の先生をしていたそうだが、敗戦直後このN村にきて、いまではあの和尚の子供だというのが方々の後家やら娘やらの家に四人もいる。これまた何の問題にもならず、不満の声も起らず、毎月一回村の老若男女を集めてありがたい説教をぶっている。この和尚とわれわれの関係について面白い話があるのだが、これはまた後で書こう。（中略）レーニンよりも毛沢東よりも『静かなドン』一冊がよき参考書になるといったら、お前はまたあいつ得意の文学戦術論（注＝言葉のまま）が始まったと笑うだろうが、しかしとにかくそうなのだ。この村にはアクシーニヤ（注＝コサック下士の妻で秘かにグリゴーリーと通じている）もいる。ミロン・グリゴーリエヴィチ（注＝富農）もいる。ピョートル（注＝グリゴーリーの兄）もいる。いないのはグリゴーリー自身だけだ。いやこれもそのうちわれわれの勢力で生れるかもしれない。もっとも白軍にいったグリゴーリーではなく、赤軍のままのグリゴーリーだがね。（後略）」

親娘を同時にメカケにしたり、方々の後家や娘に四人も子供を生ませることが、どうして「ショーロホフ的部落」になるのか、不明だったが、なんとなくわかる気もして私はその日共山村工作隊にいる友達からきた最初の手紙を受取った。

しかし今、私はむしろ森次庄治の戦後十年間をショーロホフにえがかれた人間たちの運命と合わせて考える。

彼は九州の炭鉱出身で、夜間中学の二年から予科練に行き、復員してしばらく高等小学時代の同級生だった娘と「前に約束していた」とか「そうじゃなかった」とかごたごたしていたが、そのうちその二十歳の娘はあっけなく坑務係助手のところに嫁にいってしまい、彼は父親と同じ掘進の仕事をやるようになった。彼が日共の細胞に所属するようになったのはそれから約一年ばかり後だったが、レッド・パージの時、日本共産党員の息子を持った殆どの家を見舞ったあのやりきれぬ葛藤がもっとも悲惨な形で彼の家を破壊しつくしたのである。定年間近い彼の父親は息子を首にしないという条件でふせられていたアカハタの購読者を二人労務課に密告した。その結果彼は第一次の追放リストに入っていなかったが、馘首された秘密シンパの問題とともに、当然彼は細胞からスパイの烙印をおされた。

そしてある日ふと「スパイでも何でもいい、首になったら二度ともうどこにも勤められないぞ」ともらした父親の呟きをきいて、彼はすべてをしることになった。彼は父親を責めて押し倒し、殴られながら父親は叫んだ。「おれ一人働いてどうしてくらせる。うちにはまだ嫁にやらねばならぬ娘や学校通いの子供がいるんだぞ」

ショーロホフの初期短篇の中には、赤軍に走って捕えられた自分の息子を父親が殺し、或は息子が父親を殺す場面がいくつも出てくるが、父親から撃たれて「父っつあん、何のためだ」という息子に「ワーニュシカ、わしの代りに茨の冠を受けてくれろ。お前にゃ――女房と一人っ子だが、わしとこにゃ子供が腰掛に七人いるだ。わしがお前を逃がしたら――コサックどもがわしを殺すだ。そうなったら、子供らは乞食をしに行かなきゃなんねえ……」（米川正夫・漆原隆子訳）とこたえる父親の言葉とそれはあまりに似通いすぎてはいないか。

森次庄治は唾を吐きつけて家を飛びだし、スパイではなかったということを体で証明させられるようにもっとも危険な仕事をつづけたあげく、その仕事そのものを抹殺するために前記の山村工作隊員を命じられたのだが、第二次追放で彼の父親もまた首になったのだ。

ショーロホフのえがいた階級闘争の悲劇は、そのまま戦後の日本にも再現されている、と公式的ないい方をするつもりはないが、森次庄治がなぜショーロホフに惹かれ、殆どむさぼるようにして『開かれた処女地』を読んだか、私は彼と父親の悲劇を間近に知っているだけに、ショーロホフの人間たちの運命を決して他人事のようには思えぬのである。

その後、森次庄治の所属していた山村工作隊は、筑後川上流の護岸工事に従い、殆ど村人と同化した頃、再び党中央の方針が変ってよびもどされることになったが、森次庄治だけは帰らなかった。洪水で全滅させられた田畑を持つ家の娘と仲よくなっていたことも一つの原因だったが、なによりも彼はその「ショーロホフ的村落」を愛したのである。

だが娘に子供が生まれ、限られた田畑ではどうにも食えなくなって彼は北九州にでた。小倉の某製鋼所の雑役夫からさらに復党、除名、佐賀県背振山開拓村行き、女房と子供の死、そして彼自身の結核による死を語るためにはそれこそ小さな『静かなドン』を書かねばならないだろう。それとも『人間の運命』で家と息子の一切を戦争に奪われた大工アンドリューシャが雪解けのドン河の岸辺で語った言葉に耳をすますように、彼の父親の嘆きをきくか。

フォークナーに疲れ、ネルソン・アルグレンに苛々すると、私はいつも故郷を求めるようにショーロホフの人間たちと語りはじめるが、その時にいつも私の胸を、ドン地方を吹きぬける雪嵐のようによぎるのはグリゴーリー的親友、森次庄治の鼻先のまくれあがった顔である。

ある勤皇少年のこと

昭和二十年六月上旬、満十九歳になったばかりのわたしは、軍隊用睡眠剤による自殺に失敗し、医師の連絡によって、佐世保警察署係官の取調べをうけることになったが、調書には次のように書かれていた。わたしはその調書を、終戦直後日本共産党員として、戦争中押収された発禁書類とともに取戻したのである。

「自殺未遂ノ原因ハ国家中心思想ニヨル。被疑者ハ五月某日、大村（注＝長崎県大村市）ニ於テ神風特別攻撃隊員ト会ヲ共ニシ、心中固ク決意スルトコロガアツタ。被疑者ハカネテ皇室中心思想ヲ抱キシモ、アツツ島玉砕ヲ期トシテ、コレデハナラジ、コノママデハ国難ニナルト思ウヨウニナリ、陛下ノタメニ死ヌコトヲ深ク決意シ、ソノヨウナ作文モナシテイタ。シカルニカツテノ親友デアル神風特別攻撃隊員ト一日ノ行ヲ共ニスルヤ、コノママデハ皇国危シト語リアイ、神風特別攻撃隊員ノミハ死ナセヌコトヲ誓ツタ。ソシテ被疑者ハ……（以下略）」

この調書には多少の偽りと誇張があった。わたしは当時、電波兵器を専攻する養成所（文科系統の専門学校生徒を転換させて電波兵器技術を修得させる学校）の過程を終え、多摩陸軍技術研究所に籍をおいていた。空襲のため勤務先も居住所も焼けだされて、故郷（佐世保市）に帰っており、炭鉱技能者養成所の教師などをしていたが、自殺をはかった真因は調書にあるように、単純に「国家中心（主義）思想による」といえるものではなかった。しかし、またそれをまったくはなれたところに、といえば嘘になる。

はっきりいえば、それは一種の狂言自殺であった、と今は思う。たしかに万一誤ればそのまま死んでしまうほどの睡眠剤を飲みながら、このまま死ぬことはあるまいと、わたしはどこかでかすかに意識していたのだ。

しかし、なぜそのような危い狂言自殺を実行したのか。やらねばならなかったか。そこにいわば「勤皇少年」の「皇室中心主義的」な錯乱がある。

調書にもあるように、わたしは係官の取調べに対して、特別攻撃隊員となった友人と死を誓い合ったからとこたえたのだが、ある意味でそれは事実であった。

その前、五月下旬、わたしは偶然佐世保駅頭で、海軍少尉の服装をした、元熊本高工学生のHに出会った。調書のように「カツテノ親友」ではなく、小学校時代の上級生で、いっしょに遊んだことのある間柄にすぎなかったが、「いま大村（航空隊）にいる。近く出撃する」と口早な声でいわれて、わたしは愕然となった。

「出撃。特攻隊か」とわたしはきき返し、かれはなにもいわずにうなずいた。

「面会に行っていいか」とさらにわたしはなにかに追いかけられるように問い、「さあ、大村にいつまでいるかな」とかれは返事した。

それから一週間後、大村海軍航空隊にかれをたずねるまで、わたしはほとんど自分の足が地につかぬような思いで毎日を送った。「結局死ぬことではないか。天皇陛下のために死ぬことではないのか。今まで確立してきた志向が足もとから崩壊していくのをおぼえる。おれは神その人に出合ったのだ。おれは神そのものを見たのだ。いっさいの学問、いっさいの志向を根底から洗い直さねばならぬ。いささかたりといえども神を冒瀆するがごとき志向を許してはならぬ」と、Hと出会った翌日の日記はその思いをあらわしているが、「今まで確立してきた志向」はどのようなものか、その道行きとでもいったものを当時の日記から二、三抜粋してみよう。

〈瞬間息をのみ　胸にぐうっときた　アッツ島玉砕　玉砕アッツ島玉砕　百貨店の前の速報である自転車もとまった　トラックもとまった　運転手たちも読んだ　頭を横から出して　そして目をしばたたいて　頭を引込めた　トラックは音もせずに行った　お上さんも中学生も　国民服の人も　誰も彼も集った　そしてまた黙々として散って行った　目と耳と胸が　どれが目でどれが耳やらわからなくなった　胸に目があるように思われてきた　ずうっと前にみた　ニュース映画の　アリューシャンの兵隊さんの顔が　一人一人はっきりとうかびあがってくる　俺は近眼だ　そしてやせている　しかしやるぞ　頑張るぞ　とおもった　最後までやり抜くぞ　断じて仇をとるのだ　とおもった　速報の前には　入れかわり集ってくる　そしてそれぞれの決意ひめて去って行く　日本人の決意ひめて去って行くのだ〉

これは自殺をはかる二年前、「新若人」（旺文社刊）の課題詩『アッツ島』に応募して第二席に入選した詩である。

昭和十九年五月十五日（わたしにとって満十八歳の誕生日）には次のような文章を記している。〈『醜御盾《しこのみたて》』（注＝満州国新京芸文社発行雑誌「芸文」掲載、作者工清定）をよむ。奇妙な感じがするのは、作中人物の摂津国主典磐余諸君《いわれのもろきみ》が大伴家持に「いままで年毎に書留めましたる彼ら防人《さきもり》の歌でござりまするが、旅のお慰みにもと諸君存じ、おこがましくもかくの如く、へへへ」といって防人の歌をさしだす場面である。しかもその歌は「障《サ》敢《ヘナ》ヘヌ勅《ミ》命《コト》ニアレバ悲シ妹《イモ》ガ手枕ハナレ奇《アヤ》ニカナシモ」（いなやの言えぬ天子様のご命令とあってみれば、おれは防人として、なつかしいあの妻の手枕を離れて来は来たものの、われながら、なんとまあ不思議なほど、あの妻がいとしいわい）というようなものなのだ。

　これはどういうことか。大伴家持の手元に集められた防人の歌はあわせて一六五首、そのうち「今日ヨリハカヘリミナクテ大君の醜御盾ト出デ立ツ我ハ」とうたわれ、大君のために絶対服従を意識したものは、わずかに八三首。残りの歌はすべて「カラ衣《コロモ》スソニトリツキ泣ク子ラヲ置キテゾ来ヌヤ母《オモ》ナシニシテ」（おれは旅立ちのとき、おれのこの着物の裾にとりついて、泣きわめきながら離れようともせぬ子どもたちを、なだめすかして後に残してきたよ。その子どもたちは母もない孤児なのに、ああ思えば可哀想なことをしたわい）ふうなものとは驚く。果してこの作者はなにを訴えようとしているのか。判断に苦しむ〉

　同じく昭和一九年一一月一五日。――〈正常なる社会とは何か。橘孝三郎先生はいっておられる。第一にそれは、「西洋的な唯物主義や資本主義や経済至上主義を克服して、東洋的な道の実現をその根本原則とする社会でなければならぬ」利潤獲得を第一とする利己的商業的社会であってはならぬこと。第二に、「自給自足をもって原則とする社会でなくてはならぬ」農業を基礎産業とする社会の確立。今日の農村は七、八割までの非農民を養うために食糧を生産しなければならない。従って農民はその生産に追われて余暇を持得ない。故に、彼等に真の生活はなく、「農民はただ、彼等以外のものの生活を支えるために働かされている新しい形式の奴隷である」ここのところがよくわからぬ。軍隊は軍隊、炭鉱は炭鉱でみんな国家のために働いているのだ。農民だけが奴隷であるはずがない。炭鉱夫を見よ。採炭現場を見よ〉

「軍隊は軍隊」というところなど、いかにもあどけない思いをするが、ここで炭鉱のことを強調しているのは、学生生活にはいる前（検定試験受験準備中）、太平洋戦争勃発と前後して、わたしに、長崎県崎戸炭鉱における繰込場炭札係、坑内道具方の体験があったからである。

昭和二〇年にはいると、言葉はいよいよ断片的なものになる。以下は一月一日付の日記。豊橋陸軍予備士官学校付、安藤正春少尉の話を、そのまま書き記したものだ。

「ついこの間のことですが、夜間巡察のために八時ごろ自分は自転車にのって校内をまわっていました。ちょうどひどく雨の降る晩でしたが、遙拝台の近くにきかかって、なにげなく台前の玉砂利のほうを見ると、降りしきる雨に頭から濡れそぼれたまま、誰かが砂利上に端坐しているのです。思いがけない処に人影を認めたので、ちょっと初めは驚きましたが、一体誰がなにをしているのだろうかと怪しんで傍によっていきました。自分の近づいたのを足音で気付いた彼は、瞑目したまま首を横に向けて頭を下げるのです。そして訳を問う自分に静かに彼の答える処をかいつまんでのべると、彼はその時、区隊取締生徒勤務中であったのだが、区隊長からの命令を自分の受持の区隊員にあやまって伝達したために、区隊長から叱責された。故意に犯した過失でないことは勿論なのだが、与えられた自己の責任を真剣に考えると、叱責の意味の重大さがひしひしと胸に迫ってくる。じっとしていられなくなって、自習時間が終るとすぐ部屋をぬけ出し、ここにきて静坐し、二度と再びかかる過失を犯さぬよう徹底的に自己反省を励行中だというのです。いつまでいるつもりかとの問いに、彼は正二四時までいさして下さい、そしたら帰りますと答えました。これなどは印象的な一例なのですが、このほかにもあそこで静坐反省しているのは、しばしば見かけるところです」

つまり、このような状況の中で、わたしは「近く出撃する」という特別攻撃隊員に出会ったのである。

暖い面会室にあらわれたHは、わたしをみて一瞬顔をくもらせたが、すぐ堅い笑いを浮べた。あのとき、だれか別人のことを予期していたのかもしれない、と後でわたしはしきりにそう思ったが、当時は気づきもしなかった。

「一時間だ」Hはいった。それからすぐまたその声の調子を弁解するように、「一時間しか許されていないんだ」といい足した。

おかしな、宙に浮いたような、とてつもなく陰惨な時間が流れた。「陰惨な時間」だとは、ずっと後になって、わたしのなかにでてきた言葉だが、とにかく、いたたまれないような時間の流れのなかで、わたしはべらべらとしゃべりつづけた。吉田松陰のこと、昭和維新のこと、橘孝三郎の哲学のこと。そして最後に雑誌「公論」の連載を切取ってとじ込んだ影山正治の『一つの戦史』を前にさしだした。

「これはおれがいつも読んでいるもんだけど、Hさんに読んでもらおうと思って……」

Hはそれを手に取ってぱらぱらとページをめくり、わたしの前においた。

「この影山正治という人、どういう人か知らないが、おれはもう読む時間がないから」

その言葉はわたしを突刺した。屈辱とも感動ともつかぬ衝撃が、熱い全身をめぐった。

「おれはただ言葉だけでいっているんじゃないよ。言葉だけでいうためにこうしてHさんをたずねてきたんじゃないんだ。おれも死ぬよ。おれもHさんと一緒に死ぬよ」わたしは思わず叫ぶようにいった。あるいは影山正治を知らぬといって特別攻撃隊員から拒けられた躰半分の屈辱感がそう叫んだのかもしれなかった。

Hは、なにをいいだすのか、という目でわたしをみた。

「死ぬのはおれひとりでいいよ。まあがんばってやれ」その声の調子の軽さが、ふたたびわたしをうちのめした。

「嘘じゃないんだ。ただ言葉だけでいっているんじゃない。Hさんが死ぬ時は必ずおれも死ぬ。きっとそれは約束する」

「おれは明日出撃するよ。四、五日したら沖縄の海の中だ」

Hの声はまるで嘲笑うようにわたしの耳にはひびいた。

「四、五日でもかまわん。おれもきっとやる」わたしはうつろのような気持で、しかし強くいい切った。

そうして、わたしはHと別れたのである。大村から帰途の車中でわたしは突返された「一つの戦史」を開いたが、そのすべてがひどく空虚のような気がした。

〈藤と久しぶりで文学を論じた。中河与一論や林房雄論が出た。彼曰く中河は反マルクスだが科学的である。林はマルクスだがローマン的である。林のマルクスと中河の科学性が合体すると真の文学が出来るのではないか。自分曰く、それは全くの逆で、中河の反マルクスと林のローマン主義の合一を考えたい。しかし要は、中河の反マルクスも日本ではないし、林のローマン主義も日本ではない。立っているところは共に西洋心にほかならぬ。もっと別なところから本当の文学が生れるのではないか。もっと日本の歴史と古典にしっかり立つべきではないか。彼曰く、君のいうのは全くの観念論であって素朴な民族主義である。中河がフランスのコルビジェに打込み得るのは彼の近代性の故だ、また林がマルクスに打込み得るのも彼の近代性の故だ、君にはこの近代性がない。すなわちすべてが封建的であるのだ。そこを破らなければ物の本体はわからない。自分曰く、それも全くの逆で、その近代性を根本的に打破って、しっかり日本に立つことによってのみ中河も林もその有する良きものを生かしつつ本当の文学に至り得るのではないか。すなわち俺のいいたいことは、君が一度完全に今の君を棄て切らなければ本当の君は生れないということだ。彼苦笑して黙す〉

〈夕方突然志田五郎寮に来る。何かただならぬものが顔にあらわれていた。上れというと、ちょっと急ぐからといい、外で話したいらしい様子なので一緒に少し歩く。「家庭の事情で学校をやめて急に故郷へ帰ることとなった。別れに来たのだ。もう一生会えぬかもわからぬ。君、本当に一生懸命で、維新の道を貫いてくれよ」といって、いつになくしんみりと涙ぐんでいた。こいつ何かやるなと、ぴんと来るものがあったが、別にここで何をいう必要があろう。「そうか元気でやれよ。後は決して心配するな。断じてやる。常に微動もせず心静かにあれよ」といって手を握り合って別れた、志田の心の真の純粋さが、ひしひしと胸をうった。それが何であるかはわからないが、必ず何かやるに違いない〉

赤い傍線を引いているその部分までが、おれは明日出撃するよといったHの声に、木端微塵に打砕かれてしまう。

「よし、死んでやる」わたしはわたしの「勤皇思想」の純粋さを誓うように、そう決意した。

それから十日ほどたち、第何次かの特別攻撃隊の沖縄突入が報道された日、わたしは自殺をはかったのだが、「特別攻撃隊員と誓った死」の重さは、文字通りわたしをのたうちまわらせた。

それまで「皇道哲学」であり、「死生観」であった「死」が、現実の感覚としてわたしに迫ったのだ。わたしは必死になって『戦死の哲学』(横井保平)をよみ、「戦争と死と祖国との地平線の前とは、げに絶対的な境地ではないか。勝敗と生死と皇国の興廃との運命を一つに担って必死の激闘をつづける皇軍勇士の念頭にただ一つのみ残る天皇陛下万歳の一念はそれ故に絶対なる一念である」という文章を筆写したりしたが、なにをつかむこともできなかった。

豊橋予備士官学校の生徒にならって、未明、八幡神社の神殿の前に静坐し「人間はいつかは死ぬ。大きな志のために死ぬことができれば本望ではないか」と祈願(?)したが、後に残る家族(祖母と妹)の顔がちらつくと、もう駄目であった。しかし、それこそ特別攻撃隊員との誓いを無にすることはできない。滑稽とも悲惨ともいいようのない未明の静坐はこうして連日続行されたのである。

八幡神社に行くようになってから四日目、わたしは神殿の前にうずくまっている顔の赤い年配の男に出会った。そして、どうしたんですか、というわたしの問いをつかんではなさぬような口調で、男はいきなり語りはじめた。「息子が死んだとです。それはお国に捧げていた躰ですから悔いはなかですが、それにしてもあまりやり方がきたないので、これじゃいくらお国のために捧げたといっても、死んだ息子が浮ばれない……」

男はそういういい方をした。わたしはびっくりして、どこで戦死されたんですかときくと、戦死ではなく、事故で死んだのだと男はこたえた。なんだという顔をしたわたしにむかって、男はさらにくどくどと話しつづけたが、それは、だいたい次のようなものであった。

海軍工廠に徴用された長男は、一週間ばかり前、首に焼けた鋲が飛んできて即死した。それを職場の上役は長男の怠慢と過失によるものと判断したが、わたしはそうは思わない。第一同じ職場にいた工員たちが通夜にきてそういっている。長男は本来、自分の働き場所ではない仕事場にやられ、しかも、連日連夜残業の過労で立っているのがやっというような体の状態だった。それになんといっても過失などではない証拠は、焼けた鋲は長男がどうとかしたのではなく、むこうから長男の首に飛んできたのだ。それを長男の怠慢のようにいわれている。わたしはくやしいので、何度もそういって、長男が死んだ原因の調査方をたのんでみたのだが、てんで相手にしてくれない。いくらお国のためだといっても、こんなことでは戦争に勝てる道理がない。長男は犬死したのもおなじだ。

「犬死」とわたしはいった。「どうしてそんないい方をするんですか。過失かなにかしらないけど、あなたがお国のために死んだとそう思われているのなら、それでいいじゃないですか」

「あんたらには、わたしの気持はわからん」男は泣くような声でいった。

その翌日は同じ場所で、老人夫婦が気ちがいのように両手をすりあわせており、帰りにはまた市役所の前のところで、やけに太鼓を叩いて戦勝を祈願する日蓮宗の一群に出会った。わたしの脳髄をしばりつけている「死の約束」はすでにどうしようもなくふくれあがっていたが、それらの情景とわたしの内面は、ある対をなしていたのだろう。わたしはその日、なんとなく落ちついたような気がした。だが沖縄に突込んだはずのHの「神霊」は容赦なく、わたしに約束の実行をつきつける。昼間から雨戸を閉め、一行一行を掘起すようにして読みすすめた『ドイツ戦歿学生の手紙』(岩波新書)からも、なんの光明を見出すことはできない。

〈……救いに対する君の問い、永遠の唯一の問いは我々の間では独特の解決を見出している。自らクリスチャンと称するもの、古い信仰あつきクリスチャンと称するものたちでさえも、最後の肉体的、恐らくは精神的な苦難の瞬間にはイエスの死による救いを考えたり、信じたりすることはできない。一方では義務遂行の神聖な必然さを意識して死に、死後の生の心配をより高きものに委ねているものと肉体との救いに関する心配を、すべて私の上なる力にまかせてしまっている。それでおしまいです。戦争ではそれでいいのです。後ではそうは行きません！　後になれば君の問いは再び大きく、更に重く圧しつけるようになるでしょう〉

自ら「殉皇主義者」と称するもの、古い信仰あつき「殉皇主義者」と称するものたちさえも、最後の肉体的、おそらくは精神的な苦難の瞬間には「天皇陛下」による救いを考えたり、信じたりすることはできない。――死について懐疑するドイツ学生の書簡の「イエス」を「天皇陛下」におきかえてその操作はとてつもなく不敬だと思う半面、わたしの出口のない思想に、わずかな活路を与えかけたかにみえたが、しかしHは自らすすんで皇国のために殉じたのだ。

またしても、黒い深い穴がわたしをつつみこむ。勤務していた炭鉱の技能者養成所からは、欠勤する理由を明らかにせよという電報が日に二通も届くようになり、ラジオはひっきりなしに空襲警報を報じた。実際に死ぬ決意のできぬまま、陸軍技術研究所から持出していた軍隊用睡眠剤を今こそ飲むか、飲んでしまうかと思ったり、深夜その睡眠剤をポケットに入れて、真暗な町を魚市場の岸壁までいっさんに駆けたりした。

私服刑事から不審尋問をうけ、戸尾町の派出所に連行されたのはそのときである。眼鏡をかけた人相のよい刑事だったが、取調べに当っては徹底的にわたしを痛めつけ、かつ嘲弄した。この苛烈な戦局に、仕事を欠勤し、何故に睡眠剤などを所持したまま、警報下の深夜をひとりさまよい歩くのか、という筋道の立っている刑事の追及に会って、わたしはこたえようがなかった。わたしはしだいに返答に窮し、大村海軍航空隊で面会したHのことを明らかにせねばならなかった。特別攻撃隊員を友人として持っていることの効果とは別に、それを明らかにしなければ実際に徴用に叩きこみかねない口ぶりで、刑事が本格的な尋問をはじめたからである。

だがHとの「死の誓い」をきいても刑事は嘲笑った。

「おいおい、なめるな」と刑事はいった。「子どもだましみたいなことをいうなよ。なんだ、ふざけやがって。特攻隊員が死ねばどうしてお前が死なねばならんのだ。現に特攻隊員は突込んでもお前は死なずに生きているじゃないか。なんだ、思わせぶりに眠り薬なんか持ちやがって、仕事をさぼっているていのいい口実じゃないか。だいたい、電波兵器かなんかしらんが、電波兵器をならったものがどうして兵隊にも行かずに炭鉱の養成所に勤めているんだ」

それはもっともな話だった。わたしは正規の手続きとしては陸軍技術研究所に連絡し、次の配置命令を待たねばならなかったのだ。わたしは刑事がその点に触れてくるのをおそれた。

「おい、特攻隊といえば、それでなにもかもすむ時勢じゃないぞ」と刑事はいった。「特攻隊といえばみんな特攻隊なんだ。なんだ、それをわけのわからんことばかりいいやがって。え、おい、特攻隊がどうした。そんなにいっしょに死にたいなら一丁ここで死んでみるか。その眠り薬をがばっと飲んでやってみんか。えっ、おい、それともお前とそのなんとかという特攻隊員と同性愛ででもあったんか。それで心中するんか」

「なにをいうか」わたしは刑事の言葉をさえぎった。「特攻隊員をそんな……」

「なにい」刑事はわたしの肩を突きとばした。「非国民、反抗するのか」

「特攻隊員に対して、あんまりひどいいい方じゃないですか」

「ひどいのはどっちなんだ。お前のほうじゃないか。子どもだましみたいな約束でも、そのなんとかいう特攻隊員は本気にして突込んでいったかもしれん。しかし、お前はこうしてのうのうと生きていて、仕事にもいかんと夜の夜中にぶらぶら遊びまわっとる。え、おい。どっちなんだ非国民は」

「わたしは約束を果すつもりです。だから……」

「なにい」刑事はまたわたしの額をこずいた。「約束を果す。……死ぬというんだな。おう、死んでみろ。お前みたいな虫けらは叩きつぶしたほうがいいくらいなもんだが、自分で死ぬというなら、まだその方が手間がはぶけるからな。え、それでいつ死ぬんだ。いつ火葬場を手配したらいいか、はっきりしとこうじゃないか」

わたしの立場は、その刑事の唾のたまったような声によって、根底までゆさぶられ追いつめられた。わたしの立場を証明するため、わたしの「勤皇思想」の純粋さを証明するためには、すでに道はひとつしか残されていなかった。

「おい、約束を果さなかったら、特攻隊員じゃなく、こんどはおれの方が承知せんぞ」という脅し文句を背にして、わたしは戸尾派出所を出たが、家に帰りつくまで、黒い棒のようなものがわたしの脳髄を襲いつづけた。

翌日の正午。祖母の買出しの留守に、わたしはその朝報道された特別攻撃隊の記事の切抜きを整理した机の上においで文鎮でおさえた。不思議にHとの約束は跡形もなく消え、かわって昨夜の私服刑事の声だけが痛いほど耳の奥で鳴った。

わたしが軍隊用睡眠剤を服用したのは四〇錠である。当時それは通常睡眠用としては四錠服用、八〇錠から百錠で確実に死ぬといわれていた薬剤であった。

わたしのなかの『長靴島』

ひとつの荒廃した悲劇的な現実を語ることから、はじめなければならない。

わたしは去る一月下旬、長篇小説の仕事の取材のため、つい最近閉山を決定した九州・佐世保港外のS海底炭鉱を訪れたが、二坑船着場の栈橋に降り立った瞬間、男が近寄ってきて、「ちょっとおたずねしたいことがあります」と、丁寧な口調で頭を下げ、わたしを栈橋詰所に連行した。

当鉱業所にきた目的と滞在期間、再会する相手方の氏名、滞在中の宿泊先、わたしの身元などを、その労務課員は根掘り葉掘り確かめ、それから最後に「ここでは騒ぐものなんか誰もいませんよ。よそのヤマとは違いますからね。みんな身の振り方はきまっているし、そうでない者だって退職金でどんなにでも食えるんだから」と、外来の誰彼にむかっていう、きまり文句のようにつけ加えた。

わたしは栈橋詰所をでて、しばらく海岸通りのコンクリート道を歩き、前に「納屋」と呼んでいた社宅の並ぶ、鉱員とその家族の住む居住区にむかった。わたしが予測していたものとは、まるで異質の坑夫たちの眼が待ちうけているともしらずに。

三年前、わたしは全く同様の状況を発端とする小説『飢える故郷』(「新潮」三六・三、作品集第二巻所収）を発表した。そこでは「成り上り作家戸坂博」を主人公として、閉山寸前の片島海底炭鉱にむかわせ、かつての同僚であった坑夫たちから完膚なきまでに拒絶され否定されることを、先取りしながらえがいているのだが、わたしの先取りした坑夫たちの視線、わたしのえがいたプロレタリアートの主人公作家に対する攻撃などではとらえることのできぬ現実が、次々にわたしを襲いきたったのである。

わたしはこれまで書いてきたS海底炭鉱から、批判され復讐されているような気がして、そこに滞在した四日間、殆ど眠れず、そのことばかり考えていた。

太平洋戦争勃発前夜のS海底炭鉱を舞台に、繰込み変更にまつわる朝鮮人坑夫たちの人間的要求を主題とした小説『長靴島』（「新日本文学」二八・六、作品集第一巻所収）で、わたしは朝鮮人炭札夫「長靴波吉」に関する調書を結末においた。

「……長靴波吉ハ二坑三区所在阿部薬店ニ歯痛鎮静剤ヲ求メニ行キ、薬店主阿部光男氏ヨリ在庫品ナシ、ト告ゲラレシ所、ソノ時長靴ハ『朝鮮人ト思ツテ、売ラヌノカ、日本人ニダケ闇デ売ツテ、朝鮮人ニ売ルノハ古イ薬ダケダ。云々』ナル言動ヲナシタ。……次ニ長靴ハ勤務場デアル二坑繰込係ニオイテ、タマタマ不良坑夫の殴打サレルヲミルト、『日本人ハ朝鮮人ニ無茶ヲスル、云々』ト言ツテ泣キダシタ。……同ジク杉昭夫ハ繰込係ニ於テ前記状態ノ時、『朝鮮人ダケガ苦シム、朝鮮人ダケガ中途昇坑シテモ叩カレル、朝鮮人ダケガ悪イ払イ（坑内採炭個所）ニヤラレル、云々』トイウ言葉ヲツネニ長靴波吉ニササヤイテイタ。……」

そしてその『長靴島』は、太平洋戦争末期に、次のような状態に移行した。

崔ツル子が捕虜と逢びきして、握り飯（本当は握り飯ではなかったが）をひそかに食べさせていた、という事件は、長靴島全体にはかりしれぬほどの衝撃をあたえた。それから、長靴島の上に、重苦しいまるで光りという光りを圧しつぶしたような半月光の夜が五日つづき、人々はやがて襲いくる颱風に怯えながら、崔ツル子の事件を声をかぎりにしてののしり喚いた。

太平洋戦争勃発以来、長靴島の中に事件と事故は毎日のように発生したが——本当にそれは毎日のように発生した。熟練した坑夫が次々に応召し、資材と食糧はぎりぎり寸前まで欠乏し、然もその上に不可能なほどの増炭要求では、事故がないのがむしろ不思議なのだ。それでも、昭和十八年夏頃までは幾分でも正常に処理されていたが、イタリアの降伏・坑戦脱落を境として、何もかも狂ったようになった。半方連勤《はんかたれんきん》（四時間残業）作業中、落盤した岩石のため両腕を切れてしまうほど砕かれた五十歳の採炭夫が、気絶してからも、そのぐしゃぐしゃになった腕からスコップを離さなかった（離れていなかった）という単にそれだけの理由で、軍と所長じきじきの表彰をうけたりした。その翌朝、ふたたび、今度は隣接する掘進個所で落盤があり、挙徒動員できていた熊本高工の生徒が二名死んだ。

——だが、このツル子と捕虜の事件ほど、日本人の屈辱と怒りをあふりたてたものはなかった。

やがてわたしのなかの『長靴島』は敗戦をむかえるが、テーマはさらに、父親を朝鮮人に持つ少女を、もっともらしい理屈をつけて捨て去る組合専従者を主人公として展開する。

「ただね、君はおれに自分が朝鮮人だといってからまるで変ってしまったんだ、変ったのはだからおれではなくて君の意識が変ったんだと思うけどね」彼はとっさに考えついた自分の理屈に、とびついていくようにいった。

「うちは変っとらんよ」彼女は彼のみえすいた理屈など歯牙にもかけぬ調子でいった。「うちは変っとらん。しかしそいでももうそんなことはどうでもいいんよ、佐倉さんはやっぱりうちが朝鮮人だからだめなのね、そうね」と彼女はつづけた。

「この頃君はおかしいよ、いつも自分だけで考えをきめてしまったようにいって、ちっとも昔みたいじゃないじゃないか」彼はいった。

「昔みたいじゃなくなったのはわかってるんよ、それでも」額におちた髪の毛を顔の表情でふりはらうように彼女がいった。

「こうなったらどうにもならんなあ、おれはずうーっと組合で忙しいんだからなあ」彼はいった。

「そうよ、どうにもならんよ、だから佐倉さんにきいとるんよ、組合のことで忙しいかしらんけど、今夜が最後だからね」彼女は彼の苛々した眼を上からおさえつけるようにいった。

「何も今夜で終りとかどうとかいわなくてもいいじゃないか、それが君の悪いくせだよ、何もいまのままでいいじゃないか。」

「そうよ私の悪いくせよ、しかしね、いまのままではもうだめよ、いまのままでそのまま、うちが佐倉さんのかくれた愛人なら、それで佐倉さんは都合がいいのかもしらんけど、うちはもうだめよ」

「そんならどうしろというんだ」

「だからはっきりなぜうちを嫌いになったか、なぜうちと別れたいと思うようになったか、それをはっきりいってくれとたのんどるんよ」（『坑木置場』、作品集第二巻所収）

この「卑怯者」の子を堕すため、村川省子は積上げられた坑木の山の上から、まっさかさまに滑り落ちるのだが、それはまた、「十七年目の原子爆弾」を追求した『地の群れ』（「文藝」三八・七）のなかで、中心人物宇南親雄医師の頽廃しつくした戦後を、背後から突き刺すメスとしてあらわれる。

戸島海底炭鉱では夜中になると海鼠を取って喰うバカ鳥が啼く。そのバカ鳥の声をききながら朱宝子は、お前と密会していた二坑海岸の坑木置場に歩いていった。そこには機帆船の積んできた二メートルの坑木が、粘炭積出し場の横にピラミッドのように積んであった。朱宝子はその坑木の山のいちばん勾配の平たいところを選んで這い上った。きっと心の底では、お前の名前をありったけの憎しみをこめて叫んでいたのだろう。朱宝子は坑木を這い上る時、きっとお前の名前をよんだにちがいない。それから闇の中でバカ鳥が啼くのをききながら、眼をつぶってまっさかさまに滑り落ちた。いや、もしかすると眼はひらいていたかもしれない。いっぱい涙をためながら。そして朱宝子は死んだのだ。腹の中の子供どころか、自分まで死んでしまったのだ。翌朝、巻揚方から発見された時はまだ生きていたが、朱宝子は一言もお前の名前を言わなかった。二坑の病院に運ばれてからも、一こともいわず、かけつけた朱宰子もひとこともいわなかった。いえば、あんまり自分の妹がかわいそうだった。一週間ばかり、それこそ二坑の坑木置場の坑木を全部海にまきちらしたようなとりどりのうわさのなかで、お前は飯がのどに通らないほど心配していたがついに朱宰子は一言もお前のことをしゃべらず、それから、本坑の労務助手が強姦したのだという噂がまことしやかに流れた時さえ、お前のことをしゃべらなかった。

つまり、わたしがいいたいのは、実際に少年期の大半をそこでくらし、戦後レッド・パージで殆どすべての友達をそこから追放されるまで、一週間ごとに通っていたS海底炭鉱こそ、わたしの文学にとって、何ものにもかえがたい故郷であったということである。わたしは十一年前、『長靴島』を書きはじめる時、ウィリアム・フォークナーにならって、この地を、「ヨクナパトーファ郡」の中心にすえたいと考えていたが、その後、文学制作上の問題でゆきづまると、わたしは必ずこの島に帰って行き、火を吹くコークスの前に立った。

一九五六年五月刊行した『書かれざる一章』の「あとがき」に、「前むきも後むきもない。いいかえれば文学が文学として成立する限り、それはつねに人間と革命にとって本質的に前むきであるということ——三年経ってようやくその思想に到達したのは私の未熟と不幸であるが——『長靴島』はその到達した地点に立って書かれた最初の私の作品である」と、やや気負ったいい方でわたしは書いているが、第二創作集『トロッコと海鳥』につけた「あとがき」とあわせて、それは、わたしの文学がつねに戻っていく母体を示している。

〈私として第二創作集であるこの本の中に収められている作品は、『トロッコと海鳥』をのぞいて全部、戦後の政治と人間——いいかえれば革命の呻きを主題にしたものばかりであるが、私がいつも耐えきれぬ悲しみの底で、くりかえし自分の胸にいいきかせ、支えとしていたものは、虚ろな眼をしながら屠所にひかれる牛のごとく繰込番を待つ坑夫達の姿であった。
だから私にとって『トロッコと海鳥』はそのまま党内闘争を主題にした作品群につながるのである。〉

だが、わたしが職業作家としての道を歩きだし、その生活をつづけていくうちに、いつの間にか『長靴島』にむかう心を失いつつあることに気づいた。海底炭鉱で働く労働者との連帯から、わが文学が外れるはずはないとつねに確信しながら、いつの間にか、私の足もとは半ばつきくずされていた。それはなぜか。率直にいえば職業作家であり、専門作家である自己を誤って認識していたこと。いいかえれば『長靴島』を脱出した職業作家としての考えから離れることができなかったのだ。『長靴島』を文学上の母体とし、つねに波と石炭と暖竹の風にさらされたいと願うわたしは、火を吹くコークスを求めて、帰郷するようになっていたのである。

帰郷することで真の連帯が生まれるはずはない。脱出することで、脱出された島に住む人々との間にものを隠さぬ話しあいができるはずはない。火を吹く焼けただれた真赤なコークスは、まさに専門作家としてのわたし自身の芸術的実践のなかにこそあったのである。

わたしはその「帰郷の拒否」をモチーフにして『飢える故郷』を書いた。船着場に降り立った瞬間、かつては自分も通ったことのある小学校の子供たちからたかられ、「ちんぽをみせろ」といわれる職業作家の完全な敗北を主調にして。

「そんな服をきとる奴からは税金とってもよかとぞ。おじさんはよそ者じゃろうが」背の高い少年が自分の方に分があるような声で、戸坂博の声をおし返した。

「税金、そんな馬鹿なことがあるか。それにおれはよそ者じゃない。さっきもいったろうが、君たちの通っている学校にも通ったことがあるって。……二坑の坑内で働いたことがあるんだ」戸坂博は声を強くしていった。

「嘘やろ」「いつ頃働いとった」背の高い少年と顔の汚れた少年が同時にいった。大人の作業衣を着た丸顔の少年は黙ってにやにや笑いながら彼の顔を下から見上げている。

「嘘じゃない。戦争中働いとった。二坑の坑内道具方だ」

「なんだ昔か」

「おれたちはまだ生まれてもおらん」

「それでもおれはここで育ったんだ、おれの故郷はこの片島炭鉱だ」末川高男にでもいうような調子で戸坂博は少年たちに自分の立場を弁明した。おかしな具合だな、お前は故郷証明をしているのかという声がどこからかきこえてくる。

しかし、わたしはこの作品においても、作中の主人公と同じく、深い敗北感を味わった。その理由ははっきりしている。要するに、堕落した作家をいくら故郷において否定してみせても、そこには何の対立も生れないということだ。「一合三十五円の焼酎と中野のバー、ネリの一杯三百円のハイボールか、お前も大分堕落したなという風に乗った声がまた海上自衛隊基地のあたりから吹きつけてくる。おい戸坂博、お前も大分えらくなったじゃないか、筑豊の炭鉱で薬罐についだ焼酎を湯呑でまわし飲みしたなんて小説には書いているが、大分いまと違うじゃないか、おい戸坂なんとかいえ。それは正体を失うときまって青白い顔でからんでくる伊庭康二郎の声だ」というような作家戸坂博に閉山した炭鉱のルポルタージュを書きにやらせてみても、一体、それが何になるだろうか。彼は故郷の海底炭鉱に行くまでもなく、すでに自ら文学者として破綻しているのである。

それをわたしは、ようやく発見した「故郷」に性急に結びつこうとするあまり、否定しやすい職業作家を主人公として、性急に否定してみせた。はじめから故郷を失い、自らを失っている作家の頭を、いくら坑夫たちの棍棒で叩いても、打ち倒されるのはただ「偽物」にしかすぎないことをしらぬまま。

偽物はむろん、偽物であることにおいて、作家であると革命家であるとを問わず、他の偽物とたたかえないし、批判できない。職業作家戸坂博が、自分を拒否する故郷の坑夫たちのエゴイズムを抉ることができず、ただ闇夜の坑夫社宅の間を右往左往するのも、まさにその理由による。

わたしが三年前に先取りした『飢える故郷』と全く同じ状況下にあるS海底炭鉱の二坑船着場に降り立ち、居住区に足を踏み入れた瞬間から、ひきつづき私を襲った坑夫とその家族たちの重い視線は、逆説的な意味で、まさしく、『飢える故郷』の芸術的貧困と釣合う。

わたしは決して、作中の人物戸坂博のように、風呂場の中で「ちんぽをみせろ」と嘲笑され、カメラを奪われ、はては棍棒の一撃をくらわされることはなかったが、それよりもなお無残な音なしの抵抗に出会ったのである。

かつてわたしが繰込炭札係をしていた時、炭札をごまかしてやった高等小学校時代の上級生の掘進夫は、すきやきを炊いてわたしをもてなしてくれたが、宿泊だけは「フトンがない」という口実で、それこそいんぎんに拒絶したし、電工をやっていた同級生は、二級酒まで買ってきてまでなつかしがったが、「会社」のことに関しては、ついぞ心を開こうとしなかった。しかも私のだした手みやげ代りの謝礼は決して受取ろうとしないのだ。ちり紙に包んだ千円札を同級生の子供に渡した時、「こんなことはしなくても」といいながら笑顔で返された時ほどはずかしい思いをしたことはこれまでない。

ことわるまでもないが、「現実をみろ」といういい古された旗印を立てるために、わたしはS海底炭鉱における坑夫たちの表情を語っているのではないのだ。「現実をみろ」といういい方からすれば、思いはむしろ逆である。ただ専門作家として真に自立する条件のひとつをさぐるために、自作と密接な「故郷」との関係を、資料として提示した。

付記　以上のことを前提に、大会では職業作家の問題、技倆の問題を報告する。

フォークナーの技巧

君はいつか、小説を書く直前になると、気分の統一と安定をはかるために結局、フォークナーを読んでしまう、といっていたね。

よくおぼえているな。しかしそれはもう十年も前の話だ。〈柵に捲きついた花のすき間から人々が打っているのがのぞけた。人々は旗の立っている方に向って行き、私は柵にそって進んだ。ラスターは花の咲いている木のそばの草むらのなかを捜していた。人々は旗をぬきとり、そして打っていた。それからまた旗を元のところにさして、土の盛ってあるところへと進んで行き、そして一人が打ちもう一人が打った。そして人々はさらに先へ進み、私は柵にそって進んで行った。ラスターが花の咲いている木のところからやって来て、われわれ二人は柵にそって進み、人々がとまるとわれわれもとまり、ラスターが草むらの中を捜しているあいだ、私は柵の向うからのぞいていた。……〉（高橋正雄訳）

なんだ、それは……

『響きと怒り』の書き出しの一節だよ。三十三歳になる白痴のベンジャミンが、ラスターという黒人につきそわれて、ゴルフをしている人々を眺めている場面だ。そして、そのゴルフ場はかつてコンプスン家（自分の家）の牧場だったことが語られはじめる。日本文学とはまるで質の違う書き出しなので、僕は暗誦できるくらいにおぼえているのだが、日本の批評家にいわせると恐らくこれは悪文の典型だろうね。しかし、それもこれも……

それもこれも十年前の話というわけか。どうしてまた……

それこそ、ある日突然にだ。何十回目か、『あの夕陽』を読んでいるうちに、どうしようもないほど苛だたしくなって、ぱたんと頁を伏せた。それからフォークナーの何を読んでも、きまってそういう気分に襲われるんだ。統一と安定どころか、妙な匂いのする唾液がいつの間にか口の中いっぱいにたまってしまう。これは小説を書くためにも健康のためにもよくない。彼が死ぬ直前に刊行した『自動車泥棒』（原題は『盗人ども』）は、もしかするとそういう気分も一新してくれるのではないかと思ったが、これはまたハシにも棒にもかからぬ代物で、スタインベックの『われらが不満の冬』と並べて、どっちもどっち。人間は退き際がかんじんだ。やっぱり書く時期というものがあると、思わず暗澹たる思いにとらわれたね。

『自動車泥棒』はそんなに悪いかね。

その話はやめよう。『響きと怒り』の解説の中で、「読者はよろしく、なんの意見にもとらわれることなしに、またこの作の複雑と晦渋を恐れることなしに、一行一行本文を追っていただきたい。それによって、フォークナーがいかにたくみに技巧を駆使しつつ、人間精神の前人未踏の深みに分け入っているかを、見きわめていただきたい」と書いている訳者の高橋正雄自身が、『自動車泥棒』ではどうにもいいようがなくて、「ここには人生探求的深刻さも、しかつめらしい教訓もない。それ故、これをこの作家の問題作ということはできないであろう。しかし、自己の問題に執着するあまり、しばしば常軌を逸脱し、混乱と晦渋におちいりがちだったフォークナーの作品の中で、この『自動車泥棒』はきわめて無理のないまとまりを見せており、その点、フォークナーの難解に辟易する読者にも近づきやすいのではあるまいか。」といっているくらいだからね。弟のジョン・フォークナーも、初期の小説の情熱を欠いてはいるが、円熟と奥行きの点でその欠陥を補っていると、苦しいいい訳をしているよ。もっともこれは、『自動車泥棒』だけじゃなく、フォークナーが晩年に書いた『寓話』(一九五五)、『町』(一九五七)、『館』(一九五九)全体についていっていることだがね。大体、その作者が、円熟とか奥行きとかいわれはじめたら……

ちょっと待ってくれ。さっき君がいったことをもう少しくわしくきかしてもらおうじゃないか。その、ある日『あの夕陽』を読んでいたら、突然気分が悪くなったというところを。

その前に『乾いた九月』の話をしよう。知ってるように、これは白人のオールド・ミスを犯したという噂を立てられて、リンチされる黒人の事件をえがいたフォークナーの短篇だが、同じ黒人リンチ事件をテーマにしたものに、スタインベックの『自警団員』という短篇がある。この二つの小説をくらべてみると、フォークナーの方法のすぐれていることがはっきりとわかる。黒人をリンチしてわが家に帰った白人の男が、夫々同じように細君と話をかわす場面を、フォークナーとスタインベックは結末においているのだが、スタインベックのやや思いつき、説明的なのにくらべて、フォークナーは全く事件の本質的な地点に主人公を立たせているんだ。

具体的にいえば、どういうことかね。

少し長くなるが引用してみよう。スタインベックの主人公・マイクは「家の横側をまわって裏口から」はいってくる。

〈やせた怒りっぽい細君は、上の開いたガスのかまどの前に坐って、からだを暖めているところだった。彼女は戸口に立ったマイクに、とがめるような眼を向けた。

とたんに彼女の眼が大きく見開かれ、彼の顔を穴のあくほどみつめた。「あんた、女と寝てきたね」彼女は、しわがれ声をあげた。「いったい、どんな女と寝てきたの？」

マイクは笑った。「お前は自分じゃ相当頭がきくつもりでいるんじゃねえのか、え？　お前は、じっさい頭がきくよ。いったい何からおれが女と寝てきたなんて思ったんだ？」

彼女は、はげしく喰ってかかった。「あんたの顔を見りゃ、女と寝たかどうかくらいのことがわたしにわからないとでも思っているのかい？」

「それならそれでいいさ」とマイクは言った。「お前がそんなに頭がきいて、何でもよく知ってるんなら、おれは何にも話してやらねえから。明日の新聞を見るまで待つがいいや」

彼は、不服そうな眼に疑いの色がうかぶのを見た。

「それじゃ、あの黒ん坊のことだったの？」と、彼女は訊いた。「あの黒ん坊をやったのかい？やるつもりだってみんなが言っていたけど」

「お前がそんなに頭がきくのなら、自分でさぐり出しゃいいやな。おれは話してなんかやらねえから」

彼は台所を通り抜けて浴室へ入った。小さな鏡が壁にかけてあった。マイクは帽子をぬいで自分の顔を見た。（なるほど、女房があいうはずだて）と彼は思った。（あのあとそっくり同じ感じだ）〉（大久保康雄訳）

フォークナーの主人公のマクレンドンは決して「明日の新聞をみろ」などとはいわない。


〈「あの時計を見てみろよ」と彼は手をあげて指さしながらいった。彼女は顔を伏せ、手に雑誌をもって、彼の前に立っていた。彼女の顔は蒼白く、緊張して、疲れはてたような表情をうかべていた。「おれのかえってくるのをまって、こんなにおそくまで起きていちゃいけないといっといたじゃないか」

「あなた」と彼女はいった。彼女は雑誌を下におろした。足先をあげて踵で立ちながら、彼は眼を怒らせ、顔に汗をうかべながら、彼女をにらみつけた。

「おれはそういわなかったかね?」彼は彼女のほうに歩いていった。彼女はそのとき顔をあげた。彼は彼女の肩をつかんだ。彼女は彼をみつめながら、受身の姿勢で立っていた——

「もうやめて、あなた。あたし、眠れなかったんですもの……あつくって。それになんだか気持が悪くてね、おねがい、あなた。そうあたしをいじめないで」

「おれはそういわなかったかね?」彼は彼女を離し、なかば叩きつけるようにして、彼女を椅子

の上になげとばした。彼女はその場に横になったまま、部屋を出てゆく彼の姿をしずかに見まもった。〉（滝口直太郎訳）

黒人をリンチしてきたことを一言も細君にしゃべらず、しかも無実の黒人をリンチしてきた男の匂いが、それこそ真実にここにはとらえられているとは思わないかね。黒人をリンチしたあとの気分は「女と寝てきた」顔とそっくりだという感じは、なるほど、話のオチとしては面白いかもしれぬが、いかにも思いつきの手管が目にみえてしまうんだな。「お前は自分じゃ相当頭がきくつもりでいるんじゃねえのか、え？　お前は、じっさい頭がきくよ。いったい何からおれが女と寝てきたなんて思ったんだ？」――こういう主人公のセリフを説明的だというんだ。物語の筋だけを作る小説と、物語の本質に迫る小説との違いだな。単に一篇だけをぬきだしてくらべるのではなく、このことはフォークナーの方法とスタインベックの方法の根本的な質の差だと思うね。

ヘミングウェイは？

まあ、『白い象のような丘』一篇だね。スペイン南東部を地中海へ注ぐエブロー河の谷をへだててみえる、白く長い丘を遠景にして、ただ二本の鉄路だけがつづく、樹木もない停車場横の酒場で、アメリカ人の男と同伴した女のかわす会話が、なんともいえずうまいんだな。女に堕胎手術をうけさせようとする男のエゴイズムと、そのエゴイズムを知りながらも、結局説得されてしまう女のやるせない感情が実によく描写されているんだ。この一篇をのぞけばスタインベックとおっつかっつだよ。君は堕胎とか強姦とかに弱いからな。ところで、そのある日突然に、という原因をきかしてもらえないかね。

やっぱり、その前に『あの夕陽』の持っている重量をはかっておく必要があるな。そうでないと、なぜ僕が突然そういう気分に襲われたか、理解しにくいだろうからね。

『あの夕陽』というのは、たしか『アブサロム・アブサロム！』の一部？……

違う。『アブサロム・アブサロム！』の破局だけを独立させた短篇は『ウォッシュ』だ。サトペン大佐の下僕であるウォッシュが、自分の十五歳になる孫娘を大佐に犯されて……

いいよ、それはもう。……そうだ。『あの夕陽』は、『響きと怒り』の一部だった。僕の思い違いだ。一部というわけではないが、『響きと怒り』の第二章の主人公・クェンティンが九歳の時のことを描いたものだ。アメリカ南部の頽廃と白人貧農（プア・ホワイト）を主題にして、黒人の失われた眼をえがくすぐれた文学は、リチャード・ライトの『黒人の息子』をはじめとして、アン・ペトリー『ストリート』、スタインベック『怒りの葡萄』、コールドウェル『タバコ・ロード』『巡回牧師』、ロバート・ペン・ウォーレン『天使の群れ』など、あげるにことかかないほどたくさんある。しかしそれらの作品にくらべて、フォークナーの『響きと怒り』が抜群の重量を持っているのはなぜか。その一場面を切り取ったにすぎない『あの夕陽』がなぜわれわれを衝つのか、いや、僕をといってもいいが、それを考えてみたい。

リチャード・ライトの『黒人の息子』よりも『あの夕陽』の方がすぐれているというのかね。

それは問題じゃない。長篇と短篇とをくらべるわけにはいかないが、リチャード・ライトでいえば初期短篇の秀作、『ビッグボーイの脱出』と『河辺を下って』とを対比させると、この方法の差は一層歴然とする。二人の友達を白人に殺された黒人少年のビッグボーイは、その白人を殺さなければ自分が殺されるので、白人から銃を奪い取る。『河辺を下って』のマンは、盗んだボートの持主である白人からピストルをつきつけられて、どうすることもできずに自分のピストルの引金を引いてしまう。ボートには出産に苦しむ妻が乗っており、ボートを返せば病院に連れて行くことができないからだ。つまり生まれながらに持っている黒人の耐えられぬ状況が、そこには鮮やかにえがかれている。だが、『あの夕陽』ではもう一枚内側が追求されているのだ。

まだよくわからない。

どういうふうにいったらよいかな。一言にしていえば、リチャード・ライトはせっぱつまった状況だけを問題にしているのに対して、フォークナーはその問題の底、意識の底を明らかにしようとしている。

〈ディルシーが病気のため自分の小舎に帰って、ナンシーが私たちの料理をしてくれていた時、私たちは彼女のエプロンがふくらんでいるのに気がついた。それは、まだ父がジーザスに対して、私たちの家に近よらないように命じる前の話だった。ジーザスは台所の、ストーヴのうしろに坐っていたが、彼の黒々とした顔には、汚れた紐のような傷痕がついていた。ナンシーが着物の下に持っているのは西瓜だと彼はいった。

「でもこの西瓜はあんたの蔓から取れたんじゃないのよ」とナンシーはいった。

「何の蔓からさ?」とキャディがたずねた。

「おれはそいつのできた元の蔓を切り取ってやるんだ」とジーザスがいった。〉

黒人の女ナンシーは妊娠しており、その男のジーザスは「白人がおれのうちに入ってきてえと思うがさいご、おれは家なんか持たねえと同じこった」という無気味な呟きを残して、ナンシーのそばから去っていくのだが、ジーザスの影におびえるナンシーの恐怖は、白人の銃を奪い取って殺す黒人少年の恐怖より内にこもっているということができる。「ジーザスを怒らすなんて、お前どんなことをしたの？」ともキャディにきかれて、ナンシーは茶碗を落す。そしてフォークナーは書く。「それは床にぶつかってこわれはしなかったが、コーヒーはこぼれ出た。ナンシーはじっとそこに坐ったまま、その両手はなおも茶碗の形を留めていた」……

少し通俗的な描写のような気がするな。

いや、通俗的じゃない。『あの夕陽』が同じ主題を持つもろもろの小説をこえているのは、それこそ完全に通俗性をぬきさったところにあるんだ。子供たちを自分の部屋に連れていって、ジーザスの影から逃れようとするナンシーの恐怖に余分なドラマは何一つまといついていない。

余分なドラマ？　なんだ、それは。

僕はいつもフォークナーの小説を読むたびに考えることがある。それは、フォークナーは自分の小説から、主題に不必要な一切の劇を削除しようとして、かえって逆に劇以上の劇を最初に構成してしまうのではないかという推測だ。一片の通俗性をも許すまいとして、それを複雑なドラマの中に埋没させるといいかえてもよい。

通俗性とドラマとは通うのではないか。

その通りだ。しかしフォークナーにはそのことをなんとなく錯覚しているようなところがある。フォークナーは動きまわる人間をなんとなく通俗的なものと考えているふしがある。彼はAとBが現実の状況の中で格闘し、その結果、思いもかけぬ事実が生まれることを信用できないのだ。マルローは『サンクチュアリ』について書いた文章の中で、人間の対立や葛藤の展開によって状況が生まれるのではなく、はじめに事件があり、フォークナーの決定した状況から逆に人間の物語が生まれるという手法、という意味のことをいっているよ。

はっきりわからないが、どういうことかね。

サルトルも『サートリス』論のなかでいっている。フォークナーの書く人間たちの動作は「描きだすことが目的ではなく、包み隠すことが目的である」と。それと関連があるように思えるのだ。フォークナーが「現在」を信用していないということは、その目新しくない見解だからね。「現在」を信用していないということが、なぜドラマを信用しないことになるんだ。

そうはいってない。フォークナーがそんなふうに考えているような気がするといっているのだ。ドラマとは本来、過去から現在、現在から未来にむかってつながっているのだ。しかしフォークナーの人間たちは、それこそ周到に、注意深く、未来への時間を断ち切られている。本来ならフォークナーは劇的な要素を全部はぎ取った小説を書きたかったのかもしれぬ。しかし彼もまた古い小説の方法から本質的な意味で脱れることができなかった。

話を具体的にしてくれないと、どうもわかりにくいよ。君はまさかサルトルと同じことをいおうとしているのではあるまいな。「フォークナーの主人公の方は決して予見しない。自動車が後向きの彼らを運ぶ。クェンティンの最後の日に暗い影を投げている未来の自殺は人間的な可能性ではない。一瞬といえどもクェンティンは、自分が自殺しないかもしれないとは考えない。この自殺は、クェンティンが考えたいとも思わないし、また考えることもできない。動かない壁、一つの物であって、彼は後ずさりしてこれに近づく」（渡辺明正訳）とは、『響きと怒り』論のなかの有名な方程式だからね。

僕はその先をいっているつもりだがね。未来を断ち切られ、「後ずさりする」人間たちがなぜ僕たちを感動させるのか。

話がわかりやすくなった。そういう問題の立て方なら僕にも理解できるんだ。そこで、といっちゃなんだが、さっき君のいった『あの夕陽』を読んでいるうちに突然、というあのことだがね。……

まあ待て。それは何も『あの夕陽』でなくてもいいんだ。『アブサロム・アブサロム！』でもかまわない。要するにフォークナーの小説を読んでいるうちに突然、というふうに理解してくれ。そして、それは「後ずさりする」人間たちになぜ感動するかという問題にも大いに関連がある。

過去にむかって進む以外、進みようのない人間たちに、もう感動しなくなったというわけか。

早まるな。破局を待つだけの人間がなぜ僕たちを感動させるのか。僕はそれを考えようといっているのだ。C・E・マニイはサルトルのフォークナー論を要領よく敷衍して、「たしかにこうした錯乱状態に対して、自由人は抗議することができよう。サルトルはそれを行った。そのうえさらにフォークナーのこうした人間観と世界観の独断的で偏見にみちた性質を否認し、たとえば、もし意識というものが内省と回想であるにしても、その意識は同時に、そして本質的には過去に向けられたと同様に未来に向けられた構想であるから、意識を第一の局面だけにかぎるのは詐術に外ならないというのだ」（篠田一士訳、『フォークナー、もしくは神学的転位』）と解説しているが、いざそういう詐術と「その文学が保持しうる価値」の深い意味との関連をのべるくだりになると、「これをサルトルはあまりにも手短かに解決したが」と書くだけで、手短かでない解決は何も与えていない。

フォークナーの作品の持つ詐術と芸術的感動の関係を考えようとするのは面白いな。「まやかし」とはサルトルがいった言葉だ。問題はその「まやかし」の質だな。

フォークナーの詐術の質の高さが問題になるというわけか。

そういいたければ、そういってもよい。詐術というのはつまり芸術の方法のことだからな。そうじゃないよ。詐術は詐術だ。サルトルはそういう意味で使っているのじゃないだろう。サルトルは、人間とはフォークナーの語るようなものじゃないといっているんだ。だからフォークナーの作りだす人間はみな曖昧で不透明だと、そういっているのだ。

話がまた妙なふうになったな。一体、君はフォークナーを弁護しようとしているのか、それともやっつけたいのか。

弁護しようともやっつけようとも思っていない。ただ、僕がいつも考えこむのは、技巧とは一体何だろうかということだ。その作者の思想と離れた技巧とは果して存在するものだろうか。サルトルのいうように、その作家の技巧だけを愛して、形而上学を信じないということが許されるのか。

許される？

許されるといって悪ければ、可能なのだろうかといいかえてもよい。第二回ソヴェート作家大会でシーモノフは、「技倆のためのたたかい」について、「ある作品がそのなかに提起されている問題から考えて、どんなに重要な、必要な、りっぱなものであろうとも、作者の現実感覚の鋭さのゆえに、現実の諸要求の理解のゆえに、成しおえられた高潔な仕事のゆえに、作者を賞讃し支持しつつも、芸術的技倆の点でその作品にはどうしても満点がつけられないならば、無理に満点をつけてはならないのである。これと同時に、いうまでもないことながら、才能もなくはない作品の中に思想的間違い、生活にたいする正しくない誤った見解があるとしても、これと逆の種類の事実、すなわち、芸術的技倆を理由にしての酌量評価も許さるべきでない」と報告しているがね。

恐ろしくまた、古風な演説を引っぱり出したもんだな。君の考えこんでいる問題はそんなに低次元のものだったのか。

簡単に、そんな低次元などというなよ。芸術的な技巧とは何かということを僕はサルトルに問い返しているんだ。

シーモノフの報告を借用してか。

問題がはっきり公式の形で示されているのが、わかり易いと考えたからだよ。

つまり君は、その作家の思想と密着しない技巧はないと考えているわけだな。それでサルトルの分析が、どうにも納得がいかないというわけだろう。

いや、そうじゃない。サルトルの分析からは、フォークナーの小説の持つ、芸術的な感動の説明がつかないといっているんだ。サルトルは一体、フォークナーの何に打たれたのか。それがわからぬといっているんだ。シーモノフの「基準」でいくと、未来を断ち切られたフォークナーの文学から受ける感動は、もっと説明のつかないものになるがね。

芸術的な感動をうけるということと、その芸術を認めるということは違うのではないか。

冗談をいっちゃいかんよ。

君がフォークナーからうけるという芸術的感動というのは結局技巧の問題かね。こういっちゃなんだが、ミもフタもないような気がするが……

だから、技巧とは、そんなふうに切り離して考えるもんじゃなかろうといっているんだ。ヘミングウェイの勇気ある老人にくらべて、スタインベックの起上る農夫たちにくらべて、コールドウェルのコーン・ウイスキイをごまかす貧乏白人にくらべて、僕がフォークナーの黒人女により芸術的な感動を受けるのは、単に技巧がすぐれているからではないからね。

君が書き出しを暗誦しているという白痴ベンジャミンの生き方はそんなに感動的かね。

生き方じゃない。白痴ベンジャミンのえがき方だ。

結局、それは技巧ということじゃないか。

フォークナーにとっては、作家にとってはといってもよいが、えがき方こそ、生き方だよ。えがき方がすぐれておれば白痴ベンジャミンは生きる。

技巧と思想とを切り離せないといいながら、君自身切り離して考えているじゃないか。

そうじゃないよ。フォークナーにとっては技巧こそが思想だといっているのだ。サルトルはそれを無理に区別している。だから「遮られていても、未来はやはり未来だ」というフォークナーに対する単純な批判がでてくるんだと思う。「彼は絶対まるめこまれはしない。彼は物語の値打ちを心得ている。なぜならそれを語っているのは彼だからだ」ともサルトルはいっているが、フォークナーは一体誰に向って語っているのかね。誰一人生きている人間の存在しない不毛な過去の時間にむかってか。

それじゃなぜ彼は本を出版する？

わかった。君はそのことをいいたかったのだな。

わからん、と僕はいっているんだ。

なぜある日突然フォークナーの頁を伏せるようになったのか、君はついに説明しなかったね。

ある日、突然『騎士の陥穽』を発見したから、とでもいっておこうかね。

私はなぜ小説を書くか

サルトルは「なぜ書くか」と自問して「芸術的創造の主な動機の一つは、確かに世界にとってわれわれ自身が欠くことのできないものだと感じたいという欲望である」とこたえています。また「読者の自由にむかって書く」ともいっていますが、今日はその問題を私自身の体験を通じて、もう少しわかりやすい形で考えてみたいと思います。

お手もとのプログラムの私の「横顔」に、「トランプ占いの達人である」と紹介されていますが、これはその通りでして、井上光晴の名前は知らなくても、別の名前のトランプ占い者のほうは知られているというぐらいの有名な達人であります（笑）。

客観的にいって、現在日本には真実にトランプ占い者の名に値する人間が五人ほどおります。むろん私はその一人ですが（笑）、その達人のぐあいをちょっと説明しますと、たとえば銀座の某レストランではいかなる飲み食いをしてもタダである（笑）という関係になっております。私はまだそのレストランを利用したことはありませんが、なぜそういう関係になっているかといえば、五年ほど前、レストランの主人が相場で失敗した時、私がそれからの方向を示して、みごとに立直らせたからであります。

トランプで人間の運命を判断することができるか、その人生に真実の方向を与えることが果して可能か。私はできないと思います（笑）。五二枚のトランプでそんなことがわかるはずはありません。ではなぜお前はトランプ占いをやるのか、という疑問は当然でてくるでしょう。なぜやるのか。私はトランプ占いを小説を書くのと同様に考えているのです。小説を書くのと同じ方法で占う。小説と同じだと考えているのです。

それはどういうことか。トランプ占いの原理を一言でいうと、それは「選ぶ」ということです。サルトルのいう「選択」ですね。卑近な例をあげましょう。

今夜、私はこの朝日講堂の講演を終ってからどうするか。これは私の自由にまかされている。西銀座から地下鉄で新宿まで行って飲むか、朝日新聞社の車で小金井の自宅まで送ってもらうかまあ新宿あたりまで送ってもらうことになると思いますけど（笑）、とにかく、どうするかはまったく私の自由にまかされているわけですね。

もし地下鉄で行った場合、偶然悪友に会って、その悪友と最後までつきあうことになるか。あるいはまた、車で行ったために途中で衝突して死ぬかもしれない。何万分の一か、何千万分の一か、そういう可能性もある。

人間の運命というものはそういうふうに、時々刻々、必然と偶然のなかを、瞬間瞬間の未来と近き未来、遠い未来を同時に選びながら形成されていきます。

われわれは意識するしないにかかわらず、自分の運命をより自由にするため、少しでも自由になるために、現在の時間を未来にむかって選んでいくわけです。

しかし中にはまちがう人間がいる。自分の生きてきた全体験から、こちらのほうがよいと思って選んだにもかかわらず、より不自由になるという場合がたくさんありましょう。どちらを選ぶべきか迷う人もいる。

トランプ占い者は、トランプの札に約束されている「意味」を通じて、その迷っている人の選択を援助するわけです。占いの方法はたくさんありますが（私はスペインからパナマに渡り、そこで土着化した占いの方法を採用していますが、どういう占い方であれ、その原理は同じはずです）、一例をあげましょう。

五二枚の札の中から、相手（注＝占いをしてもらう人）がスペードの10とハートの3を選んだとします（注＝占い方、選び方は略）。その場合、私の公式では「解決を迫られる事故（病気）」「見込みのない恋愛」「早く勝負をせよ」（注＝原意はそれぞれ略）という三つの意味になります。

この中のどれを選ぶか。私の前にすわっている女性の顔はみるからに恋愛的様相を示している。どう考えてもこれは（早く勝負をせよ）ということじゃない。それで私は「あなたの当面している恋愛には非常にむずかしい問題がある」というわけです（笑）。

まあ単純にいったのですが、つきつめていえば本来、占いはそれがどういう占いであれ、相手を徹底的に調査して、未来の方向を与えるということですね。「黙ってすわればピタリと当る」なんていうのは本来邪道です（笑）。

神様ではないのだから当るわけがない（笑）。ですから、私は占う時になるべく相手と問答をかわします。本当の占い師はそういうものです。対話が長ければ長いほど、私はその人間のおかれている状況をくわしく知ることができるし、従って当る確率も多くなる。いくら相手の表情が恋愛的様相を示していると思っても、ひょっとしたら、「解決を追られる病気」かもしれませんからね（笑）。

だから、そもそも占いというのは「当てる」というものじゃないのです。相手の運命を選ぶ。相手の悩みをきき、一緒になって選択してやる、これが根本です。そのためにトランプを媒介にしているにすぎません。

相手の言葉つき、表情、迷いをききながら、この人間はどうすれば、現在よりもより多くの自由を得ることができるかそういうむずかしい言葉でいわなくてもどうしたら今より幸福になれるか（笑）、それを考えるわけです。

つまり相手のこれまでの体験、現在おかれている状況を素材にして、どうすればよりよく生きていくことができるかというテーマを選びだすのです。私はそれをテーマにして小説を構成します。そしてその小説を相手に語ってきかせるのです。

われわれはサルトルの『自由への道』を読んで主人公たちの生き方に感動します。絶望と憎しみの中で、人間の自由を求めて最後の時間まで生きる望みを捨てない捕虜収容所の人間たちに共感し、自分自分の生き方の中に、怯懦《きょうだ》な態度と戦っていく自己批判の問題として、それをうけいれることができます。

アメリカの戦後作家アーウィン・ショウの『若い獅子たち』を読むと、ユダヤ人の兵士ノア・エッカーマンの生き方を通じて、戦争の罪悪と人間の差別をいやというほど思い知らされます。

ちょうどその関係と同じです。私がサルトルを読み、アーウィン・ショウを読んで、私の生き方の問題として、影響をうける。それと同様に、占い者としての私は相手を素材として一編の小説をつくり、相手はその小説から自分の生き方の問題として影響をうければよいわけですね。自分が素材になっているから、直接、身近に影響をうけることになるでしょう。

いいかえますと、私はトランプ占いの方法を、自分の小説を書く力として信用しているわけです。対話しながらその人のおかれている状況を判断して、より自由になるための未来を選びだす。トランプはいわばそのバネの役目をはたす。これは小説を書く操作と全く似ています。

占い者は、いわば相手の個人的な悩みを素材にして自由を選びだすが、作家は人間の苦悩を素材にして、「自由への道」を選択して書きます。この関係ですね。

その「自由への道」を求めていかなる主題を選ぶか。そこに作家の原体験というものが大きな比重をもってかかわってきます。極端にいえば、作家は自分の原体験をぬきにしては、どのようなテーマも選ぶことはできません。

私のことでいいますと、たとえば太平洋戦争を書きたいと考える場合、私は資料を読んだり取材したりして、ミッドウェー海戦を書くこともできれば、ラバウル攻防戦を描写することもできます。しかしどのような描写をするにしろ、そこに原体験の裏づけがなければ真実の文学とはなりえない。私はそう考えます。

何をもって原体験というか。「人それぞれに違うが、そこを文学の決定的な出発点として出発し、いくたびかそこへたちかえって、その文学上のパン種を普遍化しようと試みるようなもののことだ」

と平野謙さんはいっていますが、その意味で私は戦争中に読んだ中村正徳の小説『七月十八日』を忘れることができません。それは日本軍の仏印進駐をテーマにした小説です。

その小説を忘れることができないのはそれに関連して起った事件に私が大きなショックをうけたからです。昭和一八年、当時の満州国新京で発行されていた「芸文」という雑誌に徳田馨という名前の文芸時評が掲載されました。「新世代の倫理」というタイトルですが、そのなかで『七月十八日』が深い感銘をうけた戦争文学として論じられていたのです。

それはこういうものでした。

「この作家（注＝中村正徳）の冷静な自己克服は、戦争の厳しい法の中にある一つの全き歴史の声とはいへないまでも、すくなくともある一つのよりきびしい道徳の声をつきとめ得てゐると思はれる。たとえば焦熱地獄みたいな○○国境附近で、熱と行軍に苦しむ兵隊達が、ほとんど無意識となつて叫ぶ次のような声のなかに、われわれは根柢において正視すべき一つの戦争の声をきかないであらうか。『わしら、三年、氷のコの字も口にしやしません。兵隊だつて人間ですけん、暑けりや氷も喰ひたい』『内地じや統制じや統制じやと、なかには不服げに言ふとるもんが居るとかきいとりますが、――その人間などは百度の炎熱に曝されて一本のアイスケーキをさへ手に入れることができんじやらうが。その苦痛を避ける、まぎらはすなんてことはできんじやらうが』『……兵隊は困苦欠乏の一手引受人にしてしもうて、口さきだけで感謝感激ゆうたりして、そのじつ腹ん中じや彼等はかれら、私等は私らとゆうような気持をもつとるんじやないかと思へるものが相当あるやうに思はれます。別にわたしらなにも感謝感激して貰ひたいと冀ふてはおりやしませんが。』

これらの言葉は実に、生を地上に享けて以来のいまだかつて体験せぬ肉体の苦痛や酷烈なる精神の修練に曝されてゐる兵隊が、『わすれたとみえてそのじつ胸のどこかに潜んでゐたやうな激しい感情』に胸をゆすり立てられて叫ぶ声である。それは人間の声であつて同時に人間以上のものの声であり、現実の底より迸りでる歴史の声である。ここに今日の絶対現在の深淵の一つがつきとめられてゐるのだ。歴史の現在的瞬間に於ける道徳の呻吟がここにあると思はれる」

この文芸時評が、当時、私たち（注＝学生）のやっていた読書会で問題になったのですが、私は三年前に書いた『虚構のクレーン』の中で、その情景を描写しています。参考までに読んでみます。

――

「歴史の現在的瞬間における道徳の呻吟というのはどういうことかね、わかるような気もするが」と別の男がいった。

「それは皇軍の仏印進駐という偉大な歴史の転期に当って、その決定的な意義を銃後が見失ってしまっているということだろう。兵隊の体験がそれを訴えているわけだ」と仲代がこたえた。

「そうかね」質問した男がいった。

「要するにこの小説は仏印進駐の意義を大東亜共栄圏の確立という大きな歴史的なものの一環として捉えるには欠けているが、その部分の一翼として、戦線と国民生活の断層――それがここでは道徳の呻吟としてでてくるんだが――を鋭く指摘しているということじゃないか」と仲代がいい、

「もちろん、『七月十八日』は、現実のかかる急所を、全体的につらぬくもの即ち仏印進駐という行

動の全体的意義や性質に対する全幅的な省察という意味での、より高く普遍的な道徳性を探求し得てはいない。しかしすくなくとも、そのような行動の根底におけるいくつかの急所をつきとめることによって、われわれを包摂する歴史的現実の一つの危機、一つの道徳的危機を指摘し得ているとはたしかだと思う。……というのはそういうことをいっているんじゃないか」とつづけた。

「かなり具体的に兵隊の気持がでているな」と別の男がいった。

「徳田馨という人はどういう人かな、きいたこともないが」と桜井秀雄がいった。

その徳田馨が岩上順一であったということで問題がおきたのです。当時岩上順一は札つきの左翼評論家といわれていました。その岩上順一が書いた『新文学の想念』という本に、徳田馨の『七月十八日』に対する文芸時評と全くそっくりの文章がでてくるところから、徳田馨は実は岩上順一のペンネームだと判明したわけです。

そこでどうなったかといいますと、『七月十八日』に対する批判の中の、「現実のかかる急所を、全体的につらぬくもの即ち仏印進駐という行動の全体的意義や性質に対する全幅的な省察という意味での、より高く普遍的な道徳性を探求し得てはいない」という個所が、単に歴史的なものを全体としてとらえることの作品構成上の欠陥としてだけでなく、その実は「兵隊の苦しみは書き得ていても、侵略戦争の本質的な意味をとらえていない」といっているのではないか。それをカムフラージュしているのだというふうになりました。

しかも皮肉なことに、その徳田馨の文芸時評が掲載されてから三ヵ月後、同じ「芸文」は次のような謝罪文をだしたのです。

「本誌六月号第一六三頁所載『新世代の倫理』（徳田馨）につき右全文は岩上順一氏著『新文学の想念』第一八四頁より第二〇〇頁に至る『道徳の序章』前二行を除きこれと全く同一なること判明、徳田馨に対しては直ちに断固たる反省を追求すると同時に、貴重なる誌面を斯る不徳行為と編輯部の失態に因つて汚し、読者並びに岩上順一氏に対し非常な御迷惑をかけたる事を此処に慎んで深く陳謝致し、その責任を明らかにするとともに今後決して斯くの如き手違いを生ぜざるよう厳に戒しむる次第であります。（編輯部）」

『虚構のクレーン』の主人公はさらに、それを岩上順一が書いたものだと思いこんだ友人から「あいつらは反戦評論を読書会でとりあげた」と誹謗されて、その結核の友人を押倒して死に至らしめるのですが、私の原体験とはそういうものです。

はじめその評論を「それは皇軍の仏印進駐という偉大な歴史の転期に当って、その決定的な意義を銃後が見失ってしまっているということだろう。兵隊の体験がそれを訴えているわけだ」というみかたで読み、しかもそれを岩上順一が書いたものだとわかると、「兵隊の苦しみは書き得ていても、侵略戦争の本質的な意味をとらえていない」ということをカムフラージュしている論文と考えてしまう。考えてしまわざるをえない。そういう状況下に育ち、ものを考えていったということですね。

そのこととは別にもう一つ、いつも私がなまなましく思い起すのは昭和二〇年二月、佐世保市外川棚町で起った魚雷艇特攻隊員の強姦事件です。

私と同じ年（当時一九歳）だった予科練上がりの二等兵曹が、長崎から航空廠にきていた動員女学生の一人を海岸の材木小屋にひきずり込んで犯したのです。事件が表ざたになってからの始末はなお悲惨でした。日の丸のはち巻きをしめた暴行兵曹と、モンペをはいた動員女学生は、白木の小刀を前にして、基地隊長、学校長列席のもとに間もなく「仮祝言」をあげさせられたのです。

強姦事件がどうした経過で美談のストーリーに変じたか、ここでくわしく語ることはできませんが、さすがにその事件の真相を知る人々は眉をひそめました。「おい仮祝言やろか」という言葉がしばらく動員学生の間ではやったほどです。

嘲笑と好奇の目の中に、二人はいかなる思いで互いの杯をかわしたことでしょうか。私はそこに戦争世代の原体験のどうしようもない核をみることができます。つまり私の世代にとって、強姦は犯罪にもなりえなかったというのです。

私は何も、私の世代の特異さと優越を誇示しようとしているのではありません。私が戦争をテーマにした小説を書くとき、その「仮祝言」をみたということからどうしても離れることができないということです。原体験とはそういうものだといっているのです。

ただいくら原体験だといっても、それをつねに思想に転化していくというバネがなくては何の意味ももちえません。ただ単に原体験を思い浮べるだけでは何も生れません。

敗戦の日、愛知県の明治海軍航空隊で自決未遂の体験をもつ私の友人の口ぐせは、「戦後体験」ということでした。大組合の書記をしていたその友人は、「戦争体験は戦後体験によって裏打ちされなければ真の思想とはなりえない」と、ばかのひとつおぼえのように繰返していましたが、そのうち博多のバーの女性と仲よくなり、妻子をおきざりにしたまま大阪に逃亡して埋没しました。

つまり彼にとっては「自決の体験」だけがあって、思想の核としての原体験ではなかったわけです。さらにいえば、私は「原体験」ということを、「過去から未来を撃つ思想の核」、あるいは「未来から過去を撃つ思想の核」というふうに理解しています。それは戦争世代に限らず、戦前世代、戦後世代にもそのまま共通する「思想の核」なのですが、すでに逃がれようもなく私の肉体と思想を形成している「戦争の中で体と脳髄を養った条件」を、より強力な思想のバネとすることで、他の世代にかかわっていくのです。

犯罪にもなりえなかった強姦事件を戦後の現実の中にぶちこむ。原爆被害者の出口のない状況を徹底的に追及して未来の思想をたたかいとる。それが原体験を思想のバネにするということです。未来の思想をたたかいとるためにはどうすればよいか。それはいまもいいましたように、過去から現在につながっているもの、その状況を徹底的に追及する以外に方法はありません。

原爆被害者をテーマにして私は最近『地の群れ』という小説をかきました。原爆被害者が部落化してしまうという話ですが、佐世保市外に海塔新田という架空の部落を想定したのです。これは原爆被害者の状況を追及すればするほど、そういう未解放部落を想定せざるをえなかったのですね。

現在、被爆者のおかれている状況は、ただいつまでも自血病がよくならないとか、生活が苦しいという観点からだけではとらえることができない。被爆者の問題は一九年前に起った「災難」の問題ではなく、今日われわれのおかれている、ぬきさしならぬ自分自身の生き方、思想の問題としてとらえる必要がある。私はそう考えて、架空の被爆者部落を想定しました。

ところが不思議な現象がおこりました。『地の群れ』を発表して三ヵ月後くらいから、あの海塔新田という部落はどこにあるかという問合せがひんぴんとくるようになったのです。ほとんど全部の放送局から、カメラ・ルポをしたいのでそのはっきりした所在地を教えてくれ、といってきました。九州の放送局までがたずねてきたんです。

『地の郡れ』の中に、長崎でうたわれている〈てまり歌〉がでてきます。NHKはその〈てまり歌〉を実際にうたわれているものと思ったらしく、『新日本紀行』で長崎をとりあげた時、この〈てまり歌〉をとりあげたのですが、どんなに捜しても、どこにも歌われていないので、私にきいてきました。あれはアメリカの飛行機から落されたビラをもとにして作った私の創作だとこたえると、あわてて、それを放送するために私の了解を求め、そのうえで改めて作曲をつけたのです。

四月長崎花の町　八月長崎灰の町　十月カラスが死にまする　正月障子が破れはて　三月淋しい母の墓——というのが、その〈てまり歌〉ですが、私は現実を追及する小説の方法をそういうふうに考えています。

小説にかいたことが五年後にその通りになった、一〇年後に実現したから、その小説はすぐれている、そんなことをいっているのではありません。現実の状況をどこまでも追いつめていくことによってそれを反対物に転化していく。どうにもならない状況、出口のない状況をえがきだすことによって、逆にその状況を解放する手段を発見する。自由をたたかいとる道をさがしだす。それが私の小説の方法です。

われわれはどうにもならない状況におかれることによって、その状況全体を把握することができる。窮鼠猫を噛むというわけではありませんが、私が小説の主人公たちを、時に重すぎるような過去でしばるのも、その理由からです。

もう一つ、作家はつねに現状を不満としていなければなりません。あたり前の話ですが、そもそも芸術というものは現実の状況を打破して、より多くの自由を獲得するためにあるので、現実を防衛するためにあるのではないからです。

こういうことをいうと、すぐ狭い意味での「政治と文学」論議にすりかえられる恐れがありますが、むろん、私は文学は政治の手段だといっているわけではありません。

芸術が芸術としてすぐれている限り、文学が文学としてすぐれている限り、結果としてそういう役割——サルトル流にいえば読者の自由を組織する、そういうものだといっているのです。

『イワン雷帝』を撮ったエイゼンシュタインは、スターリン政権下においてこの映画を作り、いわばスターリン擁護を意図したにもかかわらず、結果においてスターリン主義批判の映画を作ってしまった。

この映画の第一部がスターリン賞をうけたにもかかわらず、第二部はソビエト共産党中央委員会によって上映禁止になったことによってもそれは実証されていますが、なぜエイゼンシュタインは、当初の意図をこえて、スターリン主義批判の映画を作ることができたのか。それは何よりも彼の芸術の方法が確立していたこと、その方法が固定化していなかったからだと思います。

サルトルであれ、レーニンであれ、毛沢東であれ、その思想が固定化した瞬間、それは状況を見きわめる目をくもらせてしまいます。弾力性のない思想、発展性のない思想は、もともと思想とはいえないものでしょう。この固定化した思想ほど文学にとって害毒を流すものはありません。

なにゆえに書くか。終りにスタール夫人の言葉を添えておきます。

「嵐のために、人の住まぬ浜辺に打流された旅人は、自分の発見した食物の名前を岩にきざみ込む。また死から身を守るのに用いた資源のありかを印しておく。それというのも何時か同じ運命にあうかも知れぬ者たちの役に立つかと思ってである。人の世の偶然によって、革命のこの時代に投げ込まれたわれわれも、後の世の人びとに対して魂のある秘密や、あの予期していなかった慰めについて親しく知らせておく義務がある。そうした慰めの持つ、人をいたわる性質が日々の営みの中にわれわれを助けるのに役立ったからである」（平岡昇訳）（拍手）

芸術の質について――新日本文学会第十一回大会における問題提起

「新日本文学」の四月号に書いたこの報告の草案「私のなかの『長靴島』」はあまり良くありません。結局ここで言いたいことは、一七七ページの「つまり、わたしがいいたいのは、実際に少年期の大半をそこでくらし、戦後レッド・パージで殆どすべての友達をそこから追放されるまで、一週間ごとに通っていたS海底炭鉱こそ、わたしの文学にとって、何ものにもかえがたい故郷であったということである。」から、「だが、わたしが職業作家としての道を歩きだし、その生活をつづけていくうちに、いつの間にか『長靴島』にむかう心を失いつつあることに気づいた」までなんですが……われながらちょっと調子がよすぎる気がします。「海底炭坑で働く労働者との連帯から、わが文学が外れるはずはないとつねに確信しながら、いつの間にか、私の足もとは半ばつきくずされていた。」これはその通りであるわけですが、何か表面だけをなでているんですね。棒球です。私はもっと、内側の、文学者として生きる態度を語ろうと思います。

「火を吹く焼けただれた真赤なコークスは、まさに専門作家としてのわたし自身の芸術的実践のなかにこそあったのである。」と私は草案の中できまり文句のようなことを書いていますが、具体的にはどういうことか。それを検討しなければなりません。

このあいだ私は、エイゼンシュタインの『イワン雷帝』を観ました。すでに十年くらいまえにこの映画の第一部を観ていて、私の芸術的な観賞力の低さもあったかもしれないけど、その時は非常に失望していたんです。要するにこれはスターリン擁護の映画じゃないか。私はずっとそう考えていました。それが今度第一部・第二部を通して観て、第一部もふくめて非常に芸術的感動をうけた。これはなにかという問題です。まず、このことを考えてみたいと思います。

『イワン雷帝』については、佐々木基一さんがすぐれた作品研究（「アート・シアター」一二〇号）をかいています。引用しましょう。

「イワン雷帝、ピョートル大帝、そしてスターリンとつづく独裁者の系譜をロシアの歴史のなかにたどってみるとき、三人の彼らのはたした歴史的役割や、その使命を遂行するにあたって彼らのとった手段や政策には、多くの共通した点がたくさんある。だから、『イワン雷帝』をつくるさい、エイゼンシュタインがスターリンの姿を心に浮かべ、イワンの統治した十六世紀のロシアとスターリンの指導下のソビエト・ロシアとのあいだに深い照応関係を認めて、過去の歴史を現在に重ねあわせようとしたことは、誰れにも想像がつくのである。実際、映画に出てくるイワン雷帝から、人々はすぐにスターリンを想像することができるし、イワンの恐怖政治の手先となって血まみれの残虐行為を平気でやってのける親衛隊と、無数のソビエト市民を闇から闇へ消していった秘密警察隊、ゲー・ペー・ウのよく似た役割を観取することもできる。しかしもう一度いうが、この映画には、そうした歴史的解釈や、過去と現在の対応関係という図式ではっきりと割りきってしまうことのできないものがある。

いわば一種の混沌、あるいは謎めいたものがあるのである。作者エイゼンシュタインの魂の奥底に根ぶかくわだかまる執念のようなものが、この映画に描かれたイワン雷帝の複雑な性格のうちに、彼の異様な衝動的行為のなかをつらぬいているように思われる。」

それはその通りなのですが、私はこういうふうに考えます。つまり、エイゼンシュタインはスターリンの生きているうちにこの映画をつくったのですから、心の底からやはりスターリン擁護の映画をつくろうとしたのではないかということですね。その根底にあるのは必ずしもはっきりとしたスターリン擁護ではなかったかもしれないけど、スターリンを批判するためにつくるはずはない。それがなぜ結果として、本質的にスターリン批判になりえたか。……第一部は御承知のように一九四四年末に公開されましたが、これはスターリン賞をうけました。第二部はソビエト共産党中央委員会による例のジュダーノフ批判で上映禁止になった。そして八年目、フルシチョフのスターリン秘密報告から二年後、一九五八年に初公開された。ここのところに、政治と芸術の問題の、もっとも根底的な問題が含まれてるような気がします。

つまり、エイゼンシュタインは『イワン雷帝』でスターリン批判を意図したのではない。ある意味では、スターリンをもっとも人間的に擁護しようとしたのではないか。そしてそれは成功した。私はそう思います。にもかかわらず、スターリンを偶像崇拝的にではなく、人間的に擁護することに成功しているにもかかわらず、なぜスターリン＝ジュダーノフ、あるいはソビエト共産党中央委員会は第二部を禁止したのか。佐々木さんは「いわば一種の混沌、あるいは謎めいたものがあるのである」と書いていますが、まさにそこに問題があるのですね。芸術とは一体何なのか。それはこうだと答えをだしたくない気持が、戦後一貫して私のなかにあります。擁護しようとしたものがなぜ結果において批判になるのか。そこにこそ芸術の本質がかくされている。私は『イワン雷帝』をみている間じゅう、そのことを考えていました。芸術とは本来、反権力的なものではないのか。反逆的なものではないのか。つねに人間的なものの立場に立って裏切るものが芸術だ。私はエイゼンシュタインのスターリン擁護とも批判ともつかない映画をみながらそう思いました。もうひとついえば芸術的方法が確立している場合、真剣に追及されている場合、如何に非人間的なものを擁護しようとしても方法自体が裏切ってしまう。小説を書きはじめて以来戦後ずっと考えつづけてきた問題を、『イワン雷帝』は身をもってあらわしています。

われわれの文学、こういう言葉は使いたくありませんけれど、「左翼民主主義文学」のなかには、芸術の混沌たるエネルギーを追及し、見きわめるまえに、ともすれば整理してしまう傾向がある。それをもう一度根源にもどして考えていく操作が必要ではないか。フルイにかけて終りにするのではなく、残った砂をさらにつぶし、つぶされた砂をさらにつぶして考える態度と方法が必要だと思います。『イワン雷帝』について、もう少し考えてみますと、さっきもいいましたように第一部をみて失望し、八年目に一・二部をみて感動したわけですが、それとは別に第一部と第二部とのあいだには、映画の出来上りとして質的な差があるわけですね。エイゼンシュタインの意図したものが、第一部では表面的なスターリン擁護にとどまっていて、それを追究してゆくうちに、エイゼンシュタイン自身が自分の表面的な意図を通りこしてしまったというようなところがある。具体的にいいますと、第一部の終りごろに、貴族の陰謀によってイワン雷帝がモスコーからアレクサンドロフに一時、身を引く場面があります。それをモスクワの民衆が迎えにゆく、雪の曠野の中に民衆の行列がえんえんとつづくたいへん感動的な画面ですが、その前が如何にもつまらない。後でイワン雷帝の親衛隊になる連中がアレクサンドロフにイワン雷帝を迎えに行こうじゃないかと、オルグ活動をするのですけど、その写し方が実に平面的で、エイゼンシュタインらしからぬのですね。このへんにエイゼンシュタインの意図したスターリン擁護から生ずる欠陥があらわれているのですが、しかし、第二部になると、そういう不必要な場面がほとんどなくなっています。第一部と第二部の質的な差はそういうところにあるのだと考えます。

ではどうして、エイゼンシュタインは当初意図した、スターリンを人間的に擁護するというテーマを芸術的な成果として裏切ることになったか。一言にしていえば、芸術家として、変革者としての真実の眼をエイゼンシュタインがもっていたということです。自分の芸術理論と方法を確立していたということです。そういってしまえばそれまでなんですけど、ではそういう芸術家としての変革者の眼をいかにして養うことができるか、いかにして自分のものとすることができるか、それがわれわれの課題であると思います。プロレタリアートの立場に自分の身をおいて芸術理論のたえざる追及、……どうも毛沢東みたいなことになってしまって恐縮ですが（笑）、せんじつめていえば、プロレタリアートの側に身をおく作家的実践とはどういうことか。芸術理論のたえざる学習の内容の問題になってきます。

ひとつの具体的な例を挙げます。まだ発表していない小説についていうのはおかしいのですけど、来月号のある雑誌に九〇枚の『スターリン』という小説を私は書きました。もちろんスターリンのことを書いたのじゃありません。朝鮮戦争を背景にした日本の共産党の問題を書いたわけです。ストーリーを簡単にいいますと、アメリカの輸送船に従事する港湾労働者の組織に水口保救援会というのがあります。これは党以外の組織で、党はなんにも組織をもっていないわけです。水口保というのは、港湾労働に従事しているとき足をふみあやまって死んだのですね、それに対して見舞金が二万円しか出ない。それについて労働者が憤激し、その憤激を組織の根底においたのが水口保救援会で、これを組織している一人の人間が、当時党から除名されてなお復党していないという、私の小説によくでてくる公式的なタイプです。(笑)

私はかつて『書かれざる一章』『重いS港』でも党の問題を扱い、港湾労働者を主人公に選びましたが、『書かれざる一章』を書いた時といまとでは、当然十五年のひらきがあるわけですね。当時『書かれざる一章』にさまざまな批判・攻撃が加えられた時、平野謙さんが『職業革命家の問題』を書かれて、私は非常に芸術的に支えられたことを憶えています。それは別として、私がいいたいのは、十五年間にわたって、ある時期には党内闘争専門家といわれるほどに(笑)、党内闘争ばかり書いてきていながら、どうして同じ円の中をぐるぐるまわってしまうのだろうか、ということです。十五年間、どうしてそこを突きぬけることができないのか。私が『スターリン』で意図したのは、離党者の組織している救援活動を、あらゆる手段を使って、徹底的に妨害する日本共産党と、しかも共産党とたたかっているうちに革命そのものを見失ってしまう主人公の一群とを、総ぐるみ否定したかったのですが、しかし、うまくゆきませんでした。変革者の眼というより被害者の眼ですね――やはり査問委員会を登場させて、ながながと書いてしまう。査問委員会における被害者と加害者という、平板な密度の低い党内闘争小説にしてしまう。逆説的にいえば、エイゼンシュタインはスターリン政権の下で、スターリン擁護を意図したにもかかわらずスターリン批判を行いえた。私の場合は、スターリン主義批判をテーマにしていながら、結果的にはスターリン主義擁護になってしまった。芸術的にそうなってしまう。

なぜそうなるのか。ここで私がはじめにいった「火を吹く焼けただれた真赤なコークスは、まさに専門作家としての私自身の芸術的実践のなかにこそあったのである。」という言葉が見あってくるわけです。はっきりいってしまうと、結局私自身の十五年間における文学理論の不足と、形象力、追究力、芸術的感覚の不足ということが、最大の原因だと思います。それが原因で現実の全体をみる視点をつかみえなかったのです。実際に私は港湾労働者の経験もあるし、党内闘争もやってきた。現在の政治的状況・芸術的状況もしっています。しかし、なおかつ被害者感覚から変革者の感覚につきぬけてゆけない弱さですね。それをここではっきり自己批判したいと思います。しかし、芸術理論の弱さを自己批判したからといって、この十五年間私に加えられてきた批難・攻撃を認めるというわけではありません。逆説的にいえば、『書かれざる一章』から『地の群れ』にいたる十五年間、私に加えられた攻撃によって、私の芸術的、理論的水準は保証されたようなものですが……。（笑）いま私のスクラップからその攻撃の文句を引用すると、『書かれざる一章』では〝裏切者〟〝帝国主義の手先の文学〟、『病める部分』は〝大本教の文学〟、『重いS港』は〝労働者を侮蔑した文学〟、さらに『地の群れ』にいたっては〝人民の未来を否定した文学〟――こういうふうに十五年間一貫してやられてきた同じパターン、同じものの考え方を許していることにも、私の自己批判すべき点があるだろうと考えます。

簡単にいいますと、そのパターンは、〝労働者階級の勝利を信じてない〟という発想です。〝裏切者の文学〟も、〝帝国主義の手先〟もすべてはそこから出てくるわけですけど、この一つ覚えのパターンに対して、職業作家として、文学者としてたたかい方に不足があった。それをいまはっきり認めたいと思う。「職業作家であり、専門作家である自分を、誤って認識していた」ということは、こういう意味にもつながります。私がいま書いている『荒廃の夏』は、当然昭和三〇年前後に書かれるべきだったんじゃないかという気がします。自分の芸術的な努力、理論的な不足のために、十五年間、それに反対するのが情ないようなパターンを許してしまった。これはいくら自己批判してもしきれません。

ただこの十六、七年間の経験を通じて、自分の理論的水準をふくんだうえで、ただひとつはっきりつかんだことがある。それは党というコンプレックスから完全に解放されたということです。革命は党のためにでなく、人間のためにあるということですね。それを、芸術的に、心の底からつかみとることができた。『アカハタ』などにいろいろ書かれても、もう打ちかえさなくてもいいということ。相手の水準が低いからということだけでなく、芸術家の内部に必然的に生れるチカラのようなものですね、芸術的自信のようなものが充ちあふれてきたような気がします。それがこの十五年間、たたかいつづけ、書きつづけてきた収穫です。

十年前、私はサルトルの『奇妙な友情』とアラゴンの『レ・コミュニスト』を比較して、評論を書いたことがあります。そこで、私は『レ・コミュニスト』より、サルトルの『自由への道』の未完の

第四部である『奇妙な友情』の方法が、すぐれているのではないかという問題を提出しているのですが、それはいま、より積極的に、発展したかたちで私の内部に燃焼しています。

十年前、私は書きました。

〈『奇妙な友情』が、サルトルによって現在書き進められている長篇『自由への道』の最終巻『最後のチャンス』の一部であることは、まえに書いた。『奇妙な友情』はなぜいちはやく、独立して発表されたか。結論をいうと、私はいま（一九五五年現在）、サルトルはこの作品を発表したことについて、ある困難な状況にいるのではないかと思う。

なぜならこの『奇妙な友情』がいまだ発表されざる第四部『最後のチャンス』の方向におのずから角度を与え、その方向制約によって、最終的には長篇『自由への道』を大きく決定することは当然であるが、その『自由への道』決定の一部としては、この作品は早く発表されすぎたのではないかと考えられるからである。

この作品の主題がシュネーデル（実はヴィカリオスという共産党からの離脱者――以前党の有力な地位にいたことが想定せられる）と現実の党員ブリュネが結局コミュニズムからはなれる（自由になる）ことで、『自由への道』を発見するということであり、――その後の、とくに五二年のウィーン平和会議出席後のサルトルの行動・考え方の微妙な変化からおして、非常に後退した立場にあるのではないかという見方はしばらくおくとしても、やはりこの作品の最後で、ヴィカリオスとブリュネの二人の主人公にもはや救いようのない死を与えたことが、この独立した作品の完成度と別のところで性急だったといいいたいのだ。

ヴィカリオスはすでに肉体的にも冒されていたのであり、やむをえないといえばやむをえないが（捕虜収容所を脱走中、射殺されることが）それにしてもブリュネは生かしておくべきだった。コミュニズムのなかには自由への道はないということをついに知ったブリュネは、なおそれをしったことで積極的に最後のチャンスのなかで生きうる人物である。

それともコミュニズムから実質的に、自由に脱出しうるためには死の瞬間だけしかない、とサルトルはいいたいのだろうか。『奇妙な友情』の最後の、ヴィカリオスとブリュネの脱出する場面を写してみよう。

……「ヴィカリオス」と彼は哀願するような声でいう。「君は逃げろ」とヴィカリオスはいう。「みんな君たちがわるいのだ」。

「僕は逃げない」とブリュネ。「君についてゆくために脱走したのだ。」「みんな君たちがわるいのだ」とヴィカリオス。「ぜんぶやりなおしだ、畜生め」とブリュネ。「ぼくは党の連中に話す。僕は……」ヴィカリオスはわめきだす。「やりなおす！　ぼくが死にかけているのがわからないか？」彼は必死の努力をして苦しそうにつけ加える。「僕の死ぬのは党のせいだ」彼は雪のなかに吐いて、倒れ、黙ってしまう。ブリュネは坐る。絶望と憎しみがしだいに、この使い荒らされた生涯の過去にさかのぼり、誕生の時までの全人生をだいなしにしてしまう。この絶対の苦悩はどんな人間共の勝利も消すことはできないだろう。党がこの男を殺したのだ。ソ連が勝っても人間は孤独だ。ブリュネはうつむいて、ヴィカリオスのよごれた髪の毛のなかに手を入れる。彼は叫ぶ。この男を恐怖からすくい出せるかのように。二人の絶望的な人間が、最後の瞬間になって孤独をうちまかすことができるかのように。（佐藤朔訳）

ヴィカリオスの頭はついにブリュネの腿にのせられたまま動かなくなり、ブリュネの死もまたはじまるが、私はむしろ、この部分の（『奇妙な友情』以後の）ブリュネに真実の自由への道を選ばせたいのである。

生きているブリュネは、その後自分の離れた党を批判しつつ、また協力しながら、人間の価値を守るために、それこそ有効に自由への道を、いいかえるなら「真実の人間の敵」とたたかいつつ歩いてゆくことができるのではないか。

ブリュネとヴィカリオスの最後の絶望的な叫びにもかかわらず、コミュニズムは本質的には「人間の敵」ではない。むしろ「人間の敵」とたたかうためのもっとも有効な方法であろう。（このことは『奇妙な友情』自体が証明している。なぜならブリュネは自分が選んだ方法、コミュニズムによって、絶望したフランスの捕虜たちに生きる希望を与え、ナチスと闘う組織を収容所内につくることに成功しているからである。現実に党と「連絡のあった」シャレエがあらわれるまでは。

ただ現実の党が、その「人間の敵」とたたかうたたかい方の過程、たたかいのえらび方において、つねに逆に人間を侵すおそれがあるということ――シャレエは現実の党を手段として、ブリュネの目的に対立する。ブリュネは、そのために、自分の方法を消すために、つまり手段のために目的を犠牲にし収容所を脱走するのだが――私は、「脱走後の」ブリュネに自らの貴重な体験を通じて克服させたいのである。

はっきりいえばブリュネを生かすことで、非常に困難な道ではあるが、ケストラーにもマルロオにもならぬ新しい生き方で、傷ついて死ぬのではなく、また傷ついた傷をなめあい、逆手にとるということではもちろんなく、積極的にその傷を自由への道の養分に転化して進ませたいのだ。

もちろん、私は、そのことを、生きているブリュネの生き方を楽観的には考えてない。人間の生き方が、たんに論理のつじつまをあわせるために生きるものではない以上。また党は『奇妙な友情』以後のこのブリュネを決して許さぬとみる見方もあるが、だからこそブリュネという人間は自由への道のために、現実の党の方法を真に有効なコミュニズムの方法にとどめるために重要なのだ。

欲をいえば、私はヴィカリオスも生かしておきたかった。党からスパイといわれ、すべてに絶望しているヴィカリオスでも、ブリュネをコミュニストと知りながら彼と彼のグループに近づきたいと願い、そして事実、後から収容所に入って来たシャレエに裏切者ヴィカリオスと暴露されるまで、ブリュネたちの組織の一員としてたたかっていたのである。〉

私は、サルトルが『奇妙な友情』で示した方法を今日、あらためて積極的に検討しなければならないと考えています。

当然ここにはスターリン主義とはなにかという問題が出てくるのですけど、これはなかなか複雑な問題です。一九五三年、十一年まえの六月号に、私の小説『長靴島』が発表された号に、蔵原惟人さんが『スターリンと文学』という評論を書いておられますが、そこに紹介されているエピソードを例にして考えてみましょう。誤解のないようにいっておきますが、いまここでは蔵原さんを批判するためにその評論を持ちだしたのではありません。

その『スターリンと文学』には戦時中におこった二つの興味ある事件が紹介されています。エレンブルグが『パリ陥落』の第一部を書き終えた時、独ソ不可侵条約が結ばれて、第二部を書きなやんでいる。そのときに、彼はスターリンから呼びだされるわけです。真夜中に長距離電話で呼びだされる。「あなたの小説を面白く読みましたがその第二部はいつ出るのか」という電話がかかる。そこでエレンブルグはその間の事情を訴えるわけです。そのときスターリンは「一体そんなこと気兼ねする必要があるでしょうか、あなたの思うように書いてそれをお出しなさい」といって、それに必要な参考書類を送る約束をしたというんです。

それから、第二の話は、レオーノフの戯曲『襲来』についてのものです。この戯曲が戦争中上演の際、検閲によって一部削除を命ぜられる。作者レオーノフはそれを不服として、スターリンに電話をかける。すると、スターリンは非常に困難な多忙をきわめた時期であったにもかかわらず、この戯曲を読んで、やはり夜中に電話をかけてくる。「あの劇は、私の読んだ戯曲のままに上演されることを希望します。」スターリンのこの言葉で、改作なしに上演されるわけですね。

蔵原惟人さんは次に一九二九年、スターリンがビリ・ベロッエルコフスキーにあてた手紙を紹介しています。

「なぜ、あのようにたびたびブルガーコフの戯曲を舞台にのせるのでしょうか。それはきっと上演に価するこちらの戯曲が足りなかったからにちがいありません。魚のいないところでは『トゥルビン一家の一日』さえも魚なのです。もちろん非プロレタリア文学にかんして批評したり、禁止を要求したりすることはた易いことです。しかし、いちばんた易いことがいちばん良いことであると考えることはできません。問題は禁止にあるのではなく、一歩一歩と新旧の非プロレタリア的な低級文学を舞台からつまみだしてゆくということにあるのです。それに競争という仕方においてそれにかわりうべき本当に興味深い芸術的な戯曲を創りだすという方法によって行なわるべきです。そして競争は大きくて、真面目な仕事です。というのは競争の環境のうえでのみ、わがプロレタリア的な芸術文学の形式と結晶に到達しうるであろうからです。……」

蔵原さんはそのあとでこう書いています。

「これは一九二五年にソビエト共産党が行った、〈それゆえに党はこの（文学の）領域におけるあらゆる異った団体や潮流の自由競争を宣言せざるをえない。他のあらゆる解決は役所的官僚的な虚偽の解決となるであろう〉という決定と全く一致する見解である。

こういうスターリンの文芸政策によって、同伴者作家といわれていたアレクセイ・トルストイ、エレンブルグ、フェージン、シャギニャン、レオーノフなどが社会主義作家として成長し、またグラトコフ、ファジェーエフ、ショーロホフ等の新しい可能性のあるプロレタリア作家が輩出することができたのであった。ところが当時ソビエト文学界に大きな勢力をもっていた、ロシア・プロレタリア作家同盟の一部の指導者たちは、このことを理解せず、一部の共産主義者とその他の作家を対立させ、敵か味方かの誤ったスローガンを掲げて、自分たちのセクト的な一団によってソビエト文壇を独占しようとした。ここにおいて党は、一九三〇年ラップを解散し、すべての資格あるソビエト作家を統一するソビエト作家同盟の統一を決定したのであるが、この発議者はスターリン自身であったといわれる」

蔵原さんは虚偽を書かれているわけではない、と私は思います。真夜中に電話をかけるのはちょっとおかしな気もしますが（笑）、それは一国の元首だし、いろいろ忙しいので仕方がないということにして（笑）……しかし、私がどうしても納得いかないのは、それほど作家の立場を尊重し、人間の立場を尊重しているスターリンが、なぜ、たとえばフルシチョフの秘密報告に現れるような人間であったのか、これほど文学の芸術的な、人間的な創造に協力したスターリンが、偶像崇拝もきわまっている『ベルリン陥落』になぜスターリン賞をやったりするのか。そこの関係です。私が時に、ふっと文学は結局無力なのではないかと考えたりするのも、そこに原因があります。……

フルシチョフ報告にも、『ベルリン陥落』はたまたまひとつの例として挙げられていますけど、スターリンは大祖国戦争の全期間を通じて、前線が安定したときに、モジャイスク公道を短時間ドライブした以外、どの前線も訪問しなかったというのですね。しかし、スターリンを描いた芸術作品では、大祖国戦争の前線につねにスターリンがいて、あらゆる幻想をふんだんにまじえて書きたてている。しかもスターリン自身がそれらの作品を認め、賞さえあたえているのです。ゴーリキーに与えた手紙、レオーノフに与えた手紙、『襲来』の改作についてレオーノフにこたえたスターリンと、ぼくはどう考えても、同一の人間とは考えられません。一体これはどういうことなのか。われわれ、とくに日本の革命的インテリゲンチャのなかには、スターリン批判を避けて通る傾向があると思いますが、このことを抜きにして、この関係をはっきりとらえずに、新しい芸術理論をうちだすことはできないと私は考えます。

もうひとつ、私の芸術的実践の弱さということについていえば、技術の問題があります。私は二〇世紀の文学のなかで、ウィリアム・フォークナーの方法をかなり高く評価してます。ここには今度フォークナーについてすぐれた本を書かれた竹内泰宏さんもおられるので、あとで討論の場合などで話していただければよくわかると思いますが、私は「フォークナーの時間」を現実を切りとり、描写するための有効な一つの方法だと考えています。

私はフォークナーから多くの影響をうけました。そしてある日、その影響そのものが、私の中で全く固定したものになっていることに気づいたのです。影響がプラスになるのはむろん自分の中で動いている場合であって、制止すれば、忽ち、その瞬間に、それはマイナスに転化します。

事実の問題として一つの例をあげましょう。フォークナーに『響きと怒り』という小説があります。御承知のように、クェンティンという大学生——親父からゆずりうけた時計を投げつけて、時計の針を停止させ、時間を停止させる、例の有名な描写の中にでてくる主人公ですが、クェンティンは自分の妹のキャディを犯したと思いこむわけですね、思いこんで自殺をはかるわけです。自分の妹を愛するあまり、他人の男に妹をとられたくないために、自分が犯したという観念を自分自身で思いこんでゆくというフォークナー独特の発想ですね。その発想が私のなかでマイナスになっている。つまりパターンになっているわけです。自分では犯してもいないのに犯していると思いこむ、そういう心理の公式みたいなものがフォークナーの影響としてマイナスに私に作用しています。「わたしのなかの『長靴島』」で「テーマに対する正当な努力を放棄した」と難かしい言葉でいっていますけど、そういうふうに難かしい言葉でいわなくても、締切が迫ったり時間が切迫したり（笑）——書くテーマはわかっていて、しかし書く時間はもうない、それでもなんとか誤魔化さんといかん（笑）、そういう場合にかならずでてくる。公式主義というのは大体せっぱづまったときにでてくる。（笑）僕の失敗作をごらんになればわかりますが、大体この発想につらぬかれている。ここから弱点が露呈してくる。批評家はあまりこれをつきませんけれども、（笑）技術的にいえばこういうことです。自分でよくわかっているんですけど……。

こういう技倆をふかめるための努力を放棄している。もっと問題を大きくしていえば、現代のマスコミと私との関係、締切と時間、能力と生活との関係などいろいろでてきますが、そういうことをぬきにして考えますと、やはり技倆をふかめるため――もちろんこれは芸術的な理論の不足ということをぬきにしては考えられないわけですが――技倆をふかめるための実験をしていない、そのための努力に欠けるということですね。「フォークナーは人間を未来のない合計とすることができる」といったのはサルトルですけど、――こんな言葉を引用して、僕がフォークナーにいかれたということになってくると、さっき『アカハタ』の「人民の未来を否定する文学」という批判がなんとなく当っているような感じになって都合が悪いですが、（笑）もちろんそれとは明らかにちがうわけです。

それはそれとして「フォークナーは人間を未来なきトータルとすることができる」というサルトルの批評はあたっています。過去の時間から縛られる縛られ方の問題ですね。縛られることは縛られてよいのですが、それがパターンになってくると、小説の中の人間たちは思うように生きることができません。最近、私は『村』という小説を書きましたが、精神薄弱の主人公が通過してきた過去の時間では、ついに主人公の現在の時間をゆさぶることができない。その弱点が『村』のなかに非常に顕著に現われてきています。

なんとかしてこのパターンからぬけだしたい。現在書きつづけている『荒廃の夏』と『他国の死』という二つの連載小説は、なんとかこのパターンからのがれようとして悪戦苦闘しているわけですが、固定化した影響とたたかうことの困難さを、いやというほど思いしっています。

何をどうみるかという思想の問題とそれをどう表わすかという技術の問題のあいだにはさまざまな関係があります。さっき針生一郎がいっていたように、そこにはさまざまの方法があります。たださまざまな方法という場合にも、自分を通過しないところから絶対にでてこないということをわれわれは確認する必要がある。方法は転がってはいないのです（笑）転がっている方法を拾ってネコババしてもロクなことはない（笑）、そんなことは不可能だ。おれはこれでゆくというのではなくて、自分の全生活、自分の全体験を通過したものでなければ、方法とはいえない。芸術とはそういうものだ。これが私の結論です。

作家はいま何を書くべきか

あんなに眠ることを自慢していた君が、眠れなくなったというのはどういうわけかね。

眠れないんじゃない。毎晩のように、暗闇に誰かが立っている夢をみる。暗闇に立っている屍体がぞろぞろ動きだしてくるんだ。

サルトルのいう「飢えた子供」の屍体か。

おれはそんなことをいってないよ。サルトルの『言葉』をめぐってのインタビュー記事（「ルモンド」紙がサルトルに求めたインタビュー記事）についていえば、みんなが問題にするほど、僕はサルトルが変わったとは思わない。そもそも彼の『文学とは何か』とこんどのインタビュー記事のどこが変っているというのかね。変わっているとすればその語り口だけだ。彼は「誰のために書くか」の中で、リチャード・ライトの場合を例にあげ、「単に彼の人間の条件、即ち、合衆国の北部に移された南部のネグロの条件だけを考えても、われわれは直ちに、彼が黒人の眼から見た黒人または白人しか描き得まいということを想像できるだろう。南部の黒人の九〇パーセントが事実上選挙権を奪われているときに、彼が甘んじて永遠の真善美を眺めて暮すと、想像できるだろうか」（加藤周一訳）と書いている。インタビュー記事の中で、アフリカ人がヨーロッパで小説を書いて何になろう。彼はアフリカへ帰って教育者にならねばならぬといっていることとどこが違うかね。サルトルは何を書くべきかということをわかりやすくいっているだけじゃないか。

えらくむきになったもんだな。尻軽といったのが気にさわったら取消すよ。

おれの夢の中にでてくる屍体はサルトルには何の関係もないのだ。この一、二年、朝鮮戦争で戦死した米軍兵士の屍体を扱った小説を書きつづけているせいかもしれぬが、唇のないのっぺらぼうの屍体が暗闇の中からしきりに何か訴えつづけている感じで、一度にどっと重苦しいような空虚な気分が襲ってくる。おれは何をしたか、おれは何をしているのか、穴ぐらの中での自問自答が際限もなくそれからつづく。

疲れているんだよ。

疲れてもいる。痔出血で血の量が不足しているからね。しかしこの重苦しい空虚さは疲れとは別のところからでている。その暗闇の中の屍体の呻きは、おれにある決着を迫っているようにも思えるのだ。生き方の上で、つまりは小説の書き方の上で、おれに大きな転換を求めているような気がするのだ。

小田切秀雄氏が東京新聞（8・1夕刊）に『現代文学におけるパターンの支配』と題して、君のことを批判しているね。「井上光晴の小説が安定ムードに抗して現実の深部のすさまじさをつきつけようとしながら、そのこと自体いつのまにかパターン化し固定・安定してしまっている実情は、この間題のむずかしさの一つの現われである」といっているが、そのことと何か関連があるのか。

　直接関連はないが、パターンということについて、おれは小田切氏にききたいことがある。はっきりいえば、おれの作品のどこが小田切氏のいうように「パターン化されている」かということだ。小田切氏自身、「かれの描いてきたような日本の現実のすさまじさは、十余年を通じて、形こそ変われ内容上ではすこしも変わっていないものが多い」と書いている通り、「日本の現実の内部」はいささかも変っていないのだ。問題はその変っていない「現実の内部」を如何なる方法で書くかということだろう。その方法に発展がみえるかみえないかということが、パターン化しているかしないかの基準になる。そうでなければ、カフカもドストエフスキーもフォークナーも、「トレード・マーク化された怨念」ということになってしまう。おれの作品でいえば、六〇年の春書いた『手の家』と六三年の春書いた『地の群れ』の方法にどれだけの開きがあるかということが重要なのだ。それをただ同じ「原爆の深い傷あと」をえがいたというだけで、「ああ、またか……」と思い、それが「読者への衝撃そのものがパターン化してしまっている」といわれても納得することはできない。小田切氏のいう「朝鮮戦争下の日本の軍事基地での人間的現実」をテーマにした『重いS港』と『荒廃の夏』あるいは『他国の死』を「同じパターンの支配」で扱われては、それこそ批評の「パターン」化を嘆息するだけだ。「炭鉱等をめぐる資本のむごたらしさ」にしても然り、『長靴島』から『飢える故郷』、さらに『妊婦たちの明日』へとつづく系列も小田切氏はどのように理解しているのか。小田切氏のあげている『他国の死』と『妊婦たちの明日』（「世界」八月号、作品集第三巻所収）について、あえていえば、この二小説こそ、まさに小田切氏のいう「パターン支配を破りでる努力」のサンプルみたいなものではないのか。その作品に含まれるパターンとの格闘をどうして読み通すことができないのだろうか。

それではなぜ屍体の夢などをみるのだ。自分の小説に自信があれば、それでいいではないか。なんといっていいか。小説に対する自信と人間の生き方としての自信がうまくかみあわないのだ。小説の技術がからまわりしている。

小説を書くことと、人間の生き方と矛盾してきたというわけか。それではさっきの、飢えている二十億のために書くことができない限り、作家はつねに不安な気分に陥るはずだ、といったサルトルのインタビュー記事と同じ問題になってくると思うが。……

作家にとって小説を書くことと、人間の生き方とは同じものだ。小説の技術がからまわりすれば、人間の生き方も空転する。サルトルも同じことを逆さまにいっているだけだよ。人間の生き方が空転すれば真の小説家にはなりえないとね。ただサルトルはわかりやすくいおうとしたために、このインタビュー記事では多少言葉を間違えたところがある。あるいはいい足らぬ部分がある。

いい足らぬ部分とは？

文学とは如何なる場合にも、反人間的なものとしては成立しないということだ。ユダヤ人を抹殺することを目的とする文学は究極において真の文学とはなりえないという意味のことをサルトルはどこかに書いていたと思うが、「餓死する子供の前で『嘔吐』は無力である」などという調子のよすぎることをいうまえに、文学の条件ということをちょっとつけ加えておけばよかったのだ。

つまり君は餓死する子供の前で、『嘔吐』は無力ではないというのか。

無力であるか、無力でないか、そういう命題の立て方が間違っているといっているのだ。ある瞬間、ある事件に対して、『嘔吐』は無力であるかもしれないが、それはすべての作品がそうだといえることではないのか。だからといって人間に対して無力だということにはならないからね。わかり易くいえば、いま何よりも世界の平和を守ることが先決だからといって、作家は原爆の脅威をテーマにして書いておればいいというものではない。作家自身にとって何が主題となりうるか。その判断と選択が重要なのだ。

先の小田切氏の批評にもあった通り、君はずっと「日本の現実のすさまじさ」をテーマにしてきたのではないのか。君のいっていることと実際の作品は少し矛盾しているように思えるが。……そうではない。そこをみな間違っているのだ。作家にはそれぞれ資質というものがあって、おれにはおれの資質のむかうテーマがある。しかしだからといって、あいつは政治的な作家だという考え方は、それこそ政治的な見解だ。革命の問題ばかり扱う作家は革命作家だというわけではないだろう。

要するに作家は作家の生き方に徹せよということか。

生き方に徹する徹し方が問題だと思うね。

そうするとさっき君がいった、小説に対する自信と人間の生き方としての自信がうまくかみあわないということは、どういうことになるのだ。

今まで生きてき、書いてきた自分の方法を、もう一度ひっくり返すテコの力が充分に貯えられないということかもしれぬ。

よくわからないな。

おれはいまひとりになりたい。

敵前に展開する方法を、誰のチカラもかりずにひとりでとことんまで考えたいのだ。もっともらしい口説を一切排除してね。

もう少し具体的に話してくれ。

おれは最近よく自転車に乗って団地に行く。東京でも有数の大きい団地だが、そこに行き交う人々の充足といらだたしさのいりまじった何ともいえぬ複雑な表情をみていると、猛烈に創作意欲をかきたてられるのだ。幸福の頽廃といってもよいが、あそこには「現代の飢え」がもっとも集中的に表現されている。

それを書こうというのか。

『妊婦たちの明日』でそれを書こうとした。しかし誰もが単に閉山後の炭鉱をテーマにしたと思込んだようだ。小田切氏の批判とは正反対の意味であの作品は未熟だったが、そういう「飢えた状況」を完全に自分のものにする方法が必要なのだ。

団地をテーマにするのか。それは面白いな。

そんなふうに簡単にいうなよ。そこまできている資本主義の頽廃を如何にえがくか、そのためには今までの方法ではとらえられないものがあるといっているのだ。

ひとりになりたいことと、それとどういう関係がある?

小説はひとりで書くものだ。これはまた後の話になるが、もっともらしいことをいったり、きいたりするのが、つくづくいやになったんだよ。

『妊婦たちの明日』の現実

三月、私は佐世保港外の三菱崎戸炭鉱と、閉山した炭鉱の集中する長崎県北松浦郡一帯を歩きまわり、四月、大爆発後一年半経過した三井三池をたずねた。いずれも一九六五年春現在におけるもっとも尖端の状況を確かめる仕事を目的にしたのだが、もうひとつそれらの仕事を通じて、私は実験の結果測定を試みてもいた。

この一年余、私の意図した主題、小説の方法は果して現実の本質を捉えていたか。状況を見通すことが可能であったか。炭坑の炭住群を縦断する真白いコンクリート道路に立って、かつてそこに住んでいた人々の運命と、作家としての自己を交錯させながら、小説の技術を問いつめようとしたのである。

昨年夏、閉山した崎戸炭鉱の状況を先取りして、私は『妊婦たちの明日』(「世界」三九・八)を書き、廃鉱群の連なる北松炭田の石炭積出し港の「未来」を想像して『ミスター・夏夫一座』(「文学界」四〇・四)を発表した。『妊婦たちの明日』の中で「すでに閉山して二年になるという〈戸島海底炭鉱〉」に行こうと思い立った主人公の〈私〉は、戸島で残務整理をしていた銀行員から「その後の様子」をきく。

「二万人もいた職員とその家族が散り散りになったとですから。……それでもどこにも行けぬ者たちが五百人も炭住にへばりついていますが、一体、あの設備はどうしますかねえ。誰も住んどらん、ガランとした四階建の炭住アパートがずらっとつづいとる間を通ると、なんか妙な気になってきますよ。うちの支店長なんか、何か病気の療養所にでもしたらいいとかいうとったが、アパートの土台になっているボタ山からは、まだガスが吹きだしよりますからなあ。とても療養所にはむかんでしょ。とにかく昔はパラオ丸とかサイパン丸が横附けして直接石炭を積込んだという炭鉱ですからなあ。バスケットチームだって国体で優勝したこともあるんだから。それがあなたいっぺんにガランとなってしもうて、つい何年か前までは、バスまで通うとったコンクリートの道も、団地の三つも四つも合わせたぐらいのコンクリートのアパートが、みんな空屋になってしもうたんですから、なんともいえん感じですよ。……」

小説の中の〈私〉は船でそこにわたるのだが、旅館も一軒の食堂もなく、全島スクラップと化した炭鉱には、ただ腹にドッジボールを抱えたような妊婦たちと得体のしれぬ売春婦が横行している。〈私〉はその妊婦のひとりに誘われて、並木も硝子戸もない銃眼だらけのような鉄筋コンクリート炭住の一室に監禁されてしまう。

『妊婦たちの明日』はあまり評価をうけなかったが、私はこの小説における方法をひそかに自負していた。野犬をからめとるための細い針金を手首にまきつけた妊婦たちこそ、私が新しい実験を通して作りあげた人間だ。やがてその腹から生み落される飢えた嬰児の運命に自分の小説の未来を賭けたといってもよい。

崎戸炭鉱の船着場に降りて、断崖下の海をみながら大きくカーブする坂道を約五十メートルほど上り、人のいない広場を横切って倒れたトロッコの上にまたがる陸橋に立った時、私は激しく鼓動するのを感じた。むろん手首に針金を巻きつけた妊婦たちが存在するはずもなかったが、自分の意図した主題の方向はかくれようもなくそこにあらわれていたからである。単に私が先取りした描写が現実と見合っていたからいうのではない。事実と虚構の折り重った接点ともいうべき場景が眼前に展開していたのだ。小説の通り、どの商店も閉められており、「写真館風の建物には看板さえついていなかった」が、なによりも私に衝撃を与えたのは、荒れはてた炭住の前にたたずみ、或は時折行き交う女たちであった。かつて三菱鉱業のドル箱といわれた一坑はすでに閉山し、いまは二坑のみ、五百人の鉱員によって先行き短い操業を続けている崎戸炭鉱は、男の影が少いのは当然のことであろうが、女たちの顔つきは例外なく、私のえがいた妊婦たちの表情よりも一層すさまじかったのである。

女のひとりに私は二坑へ行く道をきいた。私は少年時代二坑に住んでいた。しかし私はなんとなく小説中の人物に化してみたかったのだ。背の低い茶色の顔をした女の声は私の甘えた気持を寄せつけなかった。

「あんたは二坑も知らんで崎戸にきたとですか」

私は二の句もつげず、去って行く女の背中を見送ったが、なにかしら、うちのめされたような思いであった。小説の方法が何かしらんけどね、資本主義っていうのはあんた達が考えとるようなもんじゃないよ。コンクリートの坂道を下る女の背中は私にそう告げていた。あんたは自分の書いたもんがそっくりそのままにみえるというてよろこんどるかしらんけど、あたし達が何を考えとるか、ほんとの中身を知っとるね。だんだん小さくなる女の背中は私にそう語っていた。

一坑が終掘し（事実は合理化による閉山）、離職した仲間たちがそれぞれ島をさったあと、二坑に残って働いている鉱員たちの胸のうちは、私の語り合った限りでも、かなり複雑なものがあった。彼等はまずなによりも離職後の「会社あっせん」を信用せず、反面、離職を拒否する勢力にも運動にも信頼をおいていなかった。そしてただひとつの希望は、「操業あと二、三年の見通し」にすぎぬ二坑の炭層が、「目下調査中の教授たち」によって、半年でも一年でも長くつながれることなのだ。

会社も商売ですから仕方ないんですものねえ。私はそんな意味の言葉を何度かきいたが、そういう彼等の眼は自分の言葉をまるで裏切っていた。私はいつも背後で舌をだされているような気がした。炭鉱労働者のエゴイズムを如何にとらえるか。そこには階級的な憎悪の感情と、自己防衛の日和見とがないまぜになっているのだ。『妊婦たちの明日』の方法はなおこの面における追求と想像力を蓄えねばなるまい。想像力といえば、深夜、島全体をおおう低い呻きも私の小説を越えていた。一坑中心部の空っぽになった木造炭住から借受けて、創価学会員の元鉱員たちがそこで養鶏業をやっていたのだ。何百何千羽の鶏の鳴声は、島に物音が消えると、まるで飢えた獣の歯ぎしりのようにきこえてくる。

私は『妊婦たちの明日』の中で、死んだネズミとか、腐った魚ばかりを探してとぶバカ鳥を登場させたが、鶏舎に改造された炭住のことまでは思い至らなかった。

「私のすぐ目の前にピラミッドを横につなぎあわせたような灰色の貯炭場がつづき、その貯炭場の上にかかっている鉄橋に、炭車が二台、おき忘れられたような恰好で止っている。貯炭場の下の岸壁には小豆色をしたホースみたいなものが幾本も海に垂れ下り、作業場と思える建物が点々と並んでいるが、どこにも人影は見えず、私の船が近づくと、それまで繋柱に群をなしていた黒い塊りが鈍い羽音を交錯させて一斉に飛び立った」

だが、鶏の羽音はそれよりもっと不気味なのだ。退職金を全部注ぎこんだ養鶏場で、果して食っていけるものかどうか。水の与え方から習わねばならぬ鉱員たちの不安を象徴するかのように。

崎戸炭鉱から眼を三池に転じると、何を書くべきかという命題は一層鋭く私の胸に突きささってくる。大争議以後ちょうど五年を経過した現在、三池鉱山の実施している第三次合理化計画（賃金の六パーセントは退職時は無利子で棚上げ、手当ても年に二万円限りで残りは棚上げ、その他）をめぐって対決する三池労働組合三千人の「長期抵抗路線」について詳述する紙幅はないが、日本の労働運動を根底から変革するかもしれぬ戦いがそこでは行われているのである。

「私は昨年の十一月四日、宮浦鉱四十昇の採炭切羽に他の三名と一緒に配役され、その採炭作業中、二回目の発破を終って作業場に入ろうとしたら、作業場の入口から全面に落盤を起しました。幸いにも作業員は逃がれたものの、落盤の時間のずれで助かっただけで、間違えば四人共殉職する性格の災害です。しかも保安支柱がサボされたまま出炭だけを強制するやり方に不安を感じ、抗議したにもかかわらずついに無視された後の出来ごとでありました」

三池宮浦鉱のある採炭夫はそう訴えているのだが、決して例外ではなく、五百人の人間を一瞬にして殺した大災害の後、一年半のうちに死者十二、重軽傷者約二千五百という数字をあげれば、合理化の名のもとで三池の人間たちがどのような非人間的状況にさらされているか多言を要すまい。

五年前、あれほどの反対を押し切って千二百人の首切り（指名解雇）が強行された三池に、現在同数以上の坑内組夫（臨時夫）が導入されている状況を目前にしては、『妊婦たちの明日』の方法も、さらに研ぎ澄まさざるを得ない。

七千人の三池新労組員にまじって、白い三本筋のヘルメットをかぶった第一組合（三池労組）の鉱員たちがそれを教えるのだ。ここではあんた、毎日、小説よりもひどかことの起きよりますよ。あたしたちは毎週一回必ず別スト（主として三番方のスト）をやっとですが、こっちがまいっとる時はむこうもまいっとるとですからねえ。いくら階級的なストをやっちゃいかんというても、人間のいのちにはかえられんでしょうが。合理化があんたどんなことをするとか、坑内に入ってみればすぐわかりますよ。そういうことを小説に書いてくれんですかねえ。時々、こんなバカな一銭にもならんストをやりよる奴は、今の日本じゃ自分たちだけじゃないかと思うと、ふっと淋しかごとなりますが、そいでもうよかとです。……

アメリカ帝国主義批判——ソウルにいる友への手紙

いまはソウルにいるときく朴準沢君、お元気ですか。朴準沢とは君をモデルにした私の小説の作中人物につけた名前ですが、いまはその名前でよばせて下さい。一九五二年夏、朝鮮戦争のまっただ中に佐世保で君と再会してからはやくも十三年、君が私の小説『虚構のクレーン』に登場する朝鮮人たちの描き方について激しい批判の手紙をくれてからさえ、もう四年近く経ちました。そしてその四年の間にお互いの住む日本と韓国は、朝鮮戦争勃発時よりも緊迫した、取り返しのつかぬような関係に立とうとしています。

すでに韓国はアメリカの要請によって二千人の軍隊を南ベトナムに派遣し、日本はまた佐世保基地にアメリカ原子力潜水艦の寄港を許しました。かつて太平洋戦争中、君と一緒に働いていた崎戸海底炭鉱島沖にシードラゴンは浮上し、新しい戦争を拒否しようとする日本人民の寄港阻止反対闘争を嘲笑するように、朝鮮戦争における最大の米軍基地となった佐世保港に直行したのです。

折から日韓交渉首席代表となった三菱電機相談役の高杉普一氏は「日本としても韓国民の置かれている立場に立って、まず考えてみることが必要だと思う」と前おきして、日韓会談の早期妥結をはかる意図を明らかにしました。

「三十八度線に六十万の兵隊を釘づけにしておいて、そうして国費の三十二パーセントをそれに費していているのだから、これは大変な仕事です。アメリカも多大の犠牲を払っているのだが、それが自由の防衛、ひいては日本の防衛にもなっているんです。（略）だからそういうことを考えると、いま、韓国のはらっている、共産主義の防壁となっているところの大きな犠牲に対しては、日本は感謝しなければいかんと思いますね」（「エコノミスト」二月九日「この人と一時間」）。

つまり日本の防衛の役割を果している韓国に対して「あらゆる方法で経済復興に協力」しようというのです。この考え方でいけば、そのうち「南ベトナムは日本の生命線だから、あらゆる方法で米軍に協力しなければならない」ということになるかもしれません。

「経済復興に協力」が、実際には何を意味するか。昨年末「緊急援助」された二千万ドルを手初めに、現在すでに五億ドル以上に達しているといわれる日本独占資本の韓国に対する直接投資契約高の数字にもあらわれている通り、装いを変えた経済支配以外の何物でもないでしょう。

内閣調査室の「調査月報」（六四年九月号）は先の高杉発言を露骨に裏付けています。

「朝鮮半島における勢力均衡が崩れる危険は、南朝鮮の内部崩壊以外にはない。しかも韓国の経済は破産に瀕している。（略）憲法第九条によって軍事的に他国を援助することを辞めた日本も、経済的には他国を援助することができる」（「核時代の外交政策と日本の安全保障、朝鮮半島と日本」）。

「軍事的に他国を援助することを辞めた」とは語るにおちたというべきでしょう。ここに使用されている「援助」を裏返せば「侵略」となることはいうまでもありません。アメリカ帝国主義者から

「援助」されている南ベトナム、台湾、韓国の実態がそのことをよく証明しています。韓国の学生と労働者がなぜ激しく日韓会談に反対するのか、それは主人の「援助」に代替りしようとする下請人の「援助」がどのようなものであるか、身をもって知っているからでしょう。

朴準沢君。私が今日、君に問いかけ、手紙をかくのは単に日韓会談の性格をうんぬんするためではありません。それをも含め、文字通り泥沼と化した南ベトナム侵略戦争の脱出路を求めて、危険な挑発を重ねる醜いアメリカ人とたたかう方法を、君と一緒に考えてみたいのです。ベトナムの危機を自分の問題としてみつめたいのです。

いま日本では、南ベトナム戦記は一種の「ブーム」になっていますが、はっきりいえば、書いた者も読む者も、危険なサーカスに対する興味をでていません。私は進歩的インテリゲンチャの誰彼のように、ベトナムをみてきた日本人の大袈裟な感傷をひやかしたり、冷笑しようとは思いませんが、それでもやはり電車の中などで、スケート靴を肩にぶら下げた学生の手に持たれているベストセラアズなどをみると、理由のない苛だちがこみあげてきます。

南ベトナムでアメリカの戦争をみた日本人たちの冒険は、それなりに評価すべきでしょう。しかしその日本人が「あれくるう日本海をこえて韓国の首府ソウルへ飛んだ」時、私はなんとなく口のまわりを拭きます。「ある有力商社の部長クラス」の日本人と飛行機の中でかわす会話があまりツボにはまりすぎるので、気恥かしくなってしまうのかもしれません。

〈「あなたのおられる南ベトナムにくらべると——」となりの日本人はまだおしゃべりをやめない。「私たちには、どれほど韓国のほうが商売になるかもしれませんなあ。この国は朝鮮戦争でめちゃくちゃになってしまっておるし、それに、なんといっても長い間、日本のまいた種が――」私はもうそのさきはききたくない。（略）この男には、朝鮮を韓国、京城をソウルといいかえる商才はあっても、その腹の底には、ありし日の大日本帝国がどっしりと腰をすえているのだ。（略）私はにが笑いしながらこう答える。「私のようなアプレのはしりの若い者は、おなじ日本人が植民地にして苦しめぬいた朝鮮を、じっさいには全然知らないんです。やっとこのごろになって、おなじ植民地であるインドシナへいってみて、フランスがどれほどひどいことをしてきたかを、私は知りました。しかし、それを知れば知るほど、これは決して他国のことではないという気持が、私をつきあげます」〉（岡村昭彦『南ヴェトナム戦争従軍記』）。

岡村氏はさらに、「そんなわけで、今度日本に帰ってきた機会を利用して、日本が過去に朝鮮でどのようなことをしてきたのか、ぜひ直接にこの目でたしかめ、この膚で感じとろうと思っているわけです」とつづけているのですが、一九二九年生れだというこの「アプレのはしりの若い者」の朝鮮に対する責任感を、朴君はどううけとめるでしょうか。

私は小説『虚構のクレーン』の中で君をモデルにした朝鮮人少年と事件をえがいて、君から「まだ日本人の目で朝鮮人をみている」という批判をうけましたが、太平洋戦争下における日本人と朝鮮人の関係が如何なるものであったか、簡単に「直接この目でたしかめ、この膚で感じとって」もらわないためにも、あの呪うべき一銭銅貨事件を思いだしてみたいのです。

戦争末期、九州西端の海底炭鉱で、技能者養成所の教師をしていた、日本人青年の仲代庫男（主人公のひとり）は事件の内容を手紙で友人にかき送りました。

「今日は一日中前にかいた朴本準沢のことを考えていました。私の考えをはっきりさせるためにこの事件のことを簡単にかいておきましょう。

最初に徴用されてきた朝鮮人坑夫の一人が自殺しました。仕事が辛かったからです。その葬式の途中の道に一銭銅貨を四枚重しにおいた半紙がおいてあって、その半紙に『朝鮮人たちがまんしろ、もうすぐだ』とかいてありました。

そのことを朴本準沢がしっていたというのでひっぱられたのです。朴本が誰からきいたのか、警察が問いつめて結局朴本は甲という朝鮮人からきいたと白状しました。甲はなかなか白状しなかったらしいのですが、ついに乙（朝鮮人）のことを白状しました。そして今日、警察が乙を逮捕にいくと、乙は自殺してしまったというのです。これが事件の概要です。

私はこの事件を次のように考えています。

(1)首を吊った徴用朝鮮人（最初の坑夫は首を吊ったのです）を追い込んだようなきつい労働は改めるべきだ。

(2)しかし戦争を遂行していくためにはいろいろ無理もでてくるし、その点をどう調整するかが問題になる。日本人の坑夫もきつい。しかしこの点は朝鮮人も皇国の民という自覚を持って（双方から）少くとも労働条件も配給も差別がないようにすること。

(3)葬式の日に起った一銭銅貨と半紙の行為はやはり罰せられなければならない。書いてあることは事実でも、朝鮮人だけによびかけては逆に差別をひどくするだけだ。日本と朝鮮は一体なのだから、ヨーロッパや米国の民族問題とは異なるということをこの半紙の言葉は考えていないということ。

気にかかるのは、この事件以後、朴本準沢がまるで人が変ったようになってしまったことです。僕とは坑内で一度きりしか会いませんが、親友がいっても会いたがらないらしく、何にもいわないそうです。朴本は自分が白状して、甲が逮捕されたことを思いつめているようですが、これは朴本の罪ではないでしょう。第一、訊問されれば黙っていることは不可能だと思います。特に朴本はまだ少年ですから。しかしそのために甲が逮捕された。それを朴本は苦しんでいるのです。

戦争のためにはと考えることはやさしいですが、僕自身が朴本の立場だったらどうするか。難しい問題です。

ただはっきりいえることとは、朝鮮人坑夫を区別しないこと。名目だけでなく、完全な同胞として扱うこと。これだけはいえると思います。朴本と話すことができればよいのですが。なぜ彼は変ってしまったのか、倉林（朴本の親友）は警察でひどい取調べをされたかもしれないといっていましたが、その倉林にも何にも話さないというのです」。

日本と朝鮮は一体なのだからという、この日本人青年の無邪気な戦争中の思想を今更弁明しようとは思いません。だが、それほどにも、それこそ「ありし日の大日本帝国」の朝鮮民族に対する弾圧と搾取は苛酷なものでした。それは君や私の知っている通りです。

戦争終結の日、君は泣きながら、自分が白状したので逮捕された李根錫の行方を私にたずねました。それから七年後、偶然佐世保川畔で君と行き会った時、別れ際に君のいったことを私は今でもはっきりとおぼえています。

「日本人はいつも儲けますね」

いつも儲ける？　私は折あるごとにその短い言葉を反芻しましたが、恐らく君は戦争中も戦後も、戦争に敗れてさえ変らぬ日本と日本人のことをいいたかったのでしょう。長い年月、他国を侵略し、あれほどの血を流しながら、わずか数年も経たぬうちに、朝鮮で起った戦争に反対しないばかりか、それに便乗して、再び戦争中の方法を復興させようとする姿勢を君は批判したかったのだと思います。

朴準沢君、ほんとうにいま、私たちは何をすべきなのか。四年前の手紙に、君はいまこそ正しい朝鮮の歴史を子供たちに教えるのだと書いていましたが、現在、何をどういうふうに教えているのですか。私は現在、君の考えていることを知りたい。できればソウルで小学校の先生をしている君と一緒に手を組んで、前に出たいのです。

朴準沢君、ソウルで考えていることをぜひ知らせて下さい。南ベトナムでアメリカがやっていることを、ソウルの民衆はどう考えているのですか。南ベトナムに同胞の軍隊が連れていかれるのを、韓国の人々はどんな眼で見送ったのですか。

日本の基地からも、朝鮮戦争の時と同様に毎日、日本人船員の乗った米軍輸送船が南ベトナムに向けて出港しています。北ベトナムを爆撃した米軍の航空母艦は補給をするために日本の基地に帰ってきます。三月三日朝、五隻の護衛駆逐艦を従えて佐世保港に入港する米海軍の空母ヨークタウンを私は目撃しましたが、吐きたいような気持でした。

つい先日も南ベトナムの「現地報告」をしたＮＨＫのテレビは、沖縄の日本人妻と会うのだけが楽しみだという米軍大尉の表情を写しだしたあと、野戦病院に収容されているベトコンをアップして「差別なく治療をうけている」と、ひどくみえすいた解説を加えていましたが、このままでは君も私も共犯者になってしまうでしょう。

　別に抵抗者を気どるつもりはありませんが、南ベトナムで行われている残虐な行為を、みたりきいたりするだけではどうにも仕方のないように思われるのです。ソウルでの君の行動を何もしらないのに共犯者よばわりはいいすぎかもしれませんが、今のままの日本と朝鮮の状態を傍観しているなら、やがて南ベトナムで戦っている人たちに顔むけできないでしょう。

　去年十一月に、北ベトナムのハノイで開かれた「ベトナム人民と団結し、アメリカ帝国主義の侵略に反対し、平和をまもる国際会議」に参加した、アメリカのアンナ・ルイズ・ストロング女史は、そこで南ベトナムの子供たちと会ったと伝えていますが、私はそれをよんで叩きつけられるような気がしました。

　黙ってチョコレートをさしだしてくる少女のことをストロング女史は書いています。

「わたしのほうも、それが、アメリカ帝国主義を憎むべき敵と考えている子供たちに『アメリカ人』を友人として迎えさせようとする先生らしい努力だとわかっているだけに、ちょっととまどった。びっくりして、チョコレートは大人より子供のたべものだから、自分でおたべなさい、といいかけたが、それでは不作法になると気がついたので、チョコレートをうけとり、包み紙をとり、銀紙をひらいて、『みんなで分けましょう』といいながら、こまかく割った。

　それを見ると、チョコレートをくれた女の子はたちまち涙を流してわたしにしがみつき、全部の子供たちがわたしの着物をにぎって、ワアワア泣きだした。女の子の固い態度は、自制しようとする最後の努力だったのだが、それがくずれてしまったのだ。」（『世界政治資料』三月下旬号）

朴準沢君、この子供たちの泣き声はそのまま私たちにむけられていると思いませんか。他国に決して救援を求めようとしないが故に、その「やさしいアメリカ人のおばあさん」のふるまいが、子供心にも身にしみてうれしかったのでしょう。彼等の救援を求めてはいませんが、アメリカの侵略者に両親を殺された南ベトナムの子供たちに、何らかの方法で救援の手をさしのべることはできないものか。日本人船員の乗ったＬＳＴでは日夜、彼等を殺すための武器弾薬が運ばれていますが、家も学校もナパーム弾で失った子供たちのよろこぶもの、勇気づける物資を送る方法を、なんとかして考えだそうではありませんか。

朴準沢君、君が教えている子供と同じ年頃のベトナム少年が、ゼリー状ガソリンの炎に焼かれてひきつった手足をひきずり、南ベトナムから三ヵ月も歩いて、逃げまわる子供に銃撃を加える米軍機のことを訴えにハノイにきているのです。朝鮮戦争をくぐってきた君に戦争の悲惨を説くつもりはありませんが、アメリカが南ベトナムでやっていることは悲惨以上のことのようにみえます。

ジョンソン大統領は『アメリカに抱く私の希望』（「潮」四月号）の中で、「われわれが南ベトナムから撤退し本国に帰るべきだと唱えるものがいる。だがアメリカ合衆国は、勇敢な国民の自由を見捨ててそれを共産主義者に投げ与えるようなことはできないし、またするつもりもない。このような提案は戦略的にも賢明でないし道義的にも考えられないことである」といっていますが、「勇敢な国民の自由」を圧殺しているのは一体どちらでしょうか。

言葉だけの揚げ足取りはやめましょう。南ベトナムから撤退することでアメリカは何を失うというのだ、共産主義を選ぼうが何を選ぼうが、それはその国と民族が決定することではないのか、といってみたところで、醜いアメリカ人を納得させることは到底不可能です。

しかし、朴君。君はわかってくれると思います。よその国のよその民族が、どうしてアメリカのいう通りにならなければならないのか。いうことをきかなければなぜ射殺され、爆撃をうけねばならないのでしょうか。

南ベトナムだけではなく、いや、南ベトナムの危険な状況に当面したからこそ、日本と朝鮮、日本と中国の関係を新たな次元で考えようとする人々が日本にもふえています。戦争を防ぐにはなんとしてもアメリカ帝国主義とその下請人によるアジアの実質的な再分割を許してはならないからです。

だが一方、きちがいじみた戦争思想の鼓吹者たちが台頭し、それと正面から戦うべきはずの革新陣営の足なみはてんでばらばらの状態にあります。もし南ベトナムで侵略者と戦っている人たちに救援物資を送るための組織ができたとしても、多分できた瞬間から分裂するであろうことは、冗談でなくそういえます。

話はとびますが、この前私は「朝日ジャーナル」(三月二八日号)の現代語感で「痴漢」を扱い「日韓会談粉砕」を目的とした「二・一七羽田闘争」における学生と右翼の言葉のやりとりを書きました。下腹部を機動隊員の警棒で突きあげられた学生の現代痴漢説を紹介したのですが、それに対して「機動隊員の一員」と称する人から長い投書がおくられてきたのです。参考のためにその主要部を引用してみましょう。「学生がーヵ月に必要とする金よりも少い月給で、夜も眠らず肉体を酷使し、寒さにふるえ、熱さに塵まみれて町を徘徊し、犬畜生と馬鹿にされ、軽蔑され、罵られて生きて行く哀れな男達。君達プチブル、又はブルジョアにはわかるまい。君達には少くとも未来があり希望がある。警官には希望はないのだ。年老いて死ぬのみ。出稼の貧しい農民でさえ土地を持ち、家を持っている。我々より金持だ。そしてテレビにうつるタイル張りの風呂に入っている。」

他方に南ベトナム、そして内側にこのような形で表現される階級の対立。回送されてきた投書を私は重い気持でよみましたが、なぜかその時、ふっとガスマスクをつけたソウルとサイゴンの機動隊員のことを思い浮かべました。むろん、民衆の敵、アメリカ帝国主義の手先として連想したのではありません。ただいくらむずかしい複雑な問題がたちはだかっていても、それを避け、それを恐れては一歩も前にでることはできないということです。

私はこの機動隊員を憎む気になれませんでした。いわゆる軍隊も警官も組織するような、いいやすく行い難い公式をここでは使いたくありませんが、私たちは投書者の憎悪の方向を変革するための努力が必要だと考えます。アメリカ帝国主義者と戦う方法を、その角度からも選ぶべきでしょう。

朴準沢君。いまさらいうまでもないことですが、アメリカ帝国主義者たちの手口は判然としています。機会さえあれば、口実さえつけば、いや、いまとなっては口実さえ見当らぬままに他国をアメリカ資本主義の奴隷にしようとたくらんでいます。

その目的のためには手段を選ばず、アジア人をアジア人と戦わせようとしていることは周知の事実です。アメリカ帝国主義者自身すらその意図を隠そうとしていません。一九四九年八月、アメリカ国防省の有名な『中国白書』に添付されたアチソン国務長官のトルーマン大統領に宛てた伝達書を私は思いだすことができますが、彼らが手をつけなかった（つけられなかった）のは、中国だけだったのです。

「中国における内戦のいまわしい結果がアメリカ政府の手におえぬものであったということは、不幸にして避けようのない事実である。わが国がその能力の合理的な範囲内でやったこと、またやれたはずのことは、この結果を少しも変更することができなかったであろう。またわが国が何かをしないで放っておいたためにこの結果が促進されたなどということはない。それは中国の国内的な力の産物である。わが国はこれらの諸力を左右しようとしてできなかったのである。」

南ベトナムにおいても結局、アチソンのいう「いまわしい結果」を変更することはできないでしょうが、それにしてもアメリカ人の戦争のやり方は人間のものではありません。

四月一日付の毎日新聞はサイゴン三月三十一日発のロイター電を掲載しています。

〈南ベトナム政府軍高官は三十一日「米空軍と南ベトナム空軍七十機以上がサイゴンの北西約四十キロのホイロイの森林地帯に大量の焼い弾を投下した。ベトコン主力部隊の基地に使われていた九十平方キロの森林の焦土作戦をねらったもので、住民には立ちのきを呼びかけていた」と語った。〉

朴君、九十平方キロの森林と農地、その間の家々が一瞬のうちに焼き払われ、焦土と化す作戦を想像してみて下さい。或はその作戦に韓国軍隊も参加したかもしれない……。

朴準沢君、最後にもう一度たずねます。私たちはどうすべきか、と。君の仲間、君の同僚と話しあって下さい。私たちはいま何かをすることが必要です。南ベトナムで侵略者と戦っている人たちをあらゆる方法でたすけ、ささえる手だてを今すぐみつけださねばなりません。

生きるための夏——自分のなかの被爆者

被爆者の二十年という重く閉ざされた時間に身を投じようとして私はとまどう。多くの人びとの真剣な努力によって、いまその時間には仄白い一条の光がさしはじめてはいるが、それはなお深底部までとどいていない。

はっきりいえば、広島にいたことさえも語りたがらぬ娘たち、浦上の記憶までも自ら抹殺しようとする親たちが時間とともにふえているのだ。私はそういう親たちを何人か、佐世保で知っていた。そのひとりは朝鮮戦争の頃まで、長崎稲佐地区の防空壕で青白い閃光にやられたことを何度か話していたのに、ある日を境にしてぱたっと口を閉じた。それから結婚して子どもを生むと、私にさえ、八月九日には長崎市外の大草に買出しに行っていた、といい張るようになったのである。

重く閉ざされた時間の中には、毎年一度まわってくる「夏」の恐怖にうちかつことができず、ついに良人から去られてしまう女性もいる。彼女は女学校二年の時、長崎で被爆し、母親と兄弟を失って、父親と二人生き残った。片腕の肘から手の甲にかけてケロイドは残ったが、別にこれという異状もなく、性質の素直な美しい少女として育った。間もなく労働組合の事務所で働くようになり、やがて同じ組合にいる誠実な青年と愛しあって結婚した。彼女は子どもを生み、祝福された日々は終ることなきかにみえた。しかし彼女の体中深く潜んでいた「魔の夏」は、その時すでに鎌首をもたげかかっていたのである。

毎年、九月が近づくと、彼女はひどく神経質になり、原爆症に関してはどんな片隅の記事でも逃さず収集するようになった。彼女はまたそれらの記事によって知ったあらゆる被爆者に手紙を送り、病症の経過について一部始終をたずねた。彼女の良人は、たびたび他人の症状をきいてなんになるかとたしなめたが、彼女はききいれず、しまいには、そういう自分の気持を理解できぬ彼をなじるようになった。

そして、結婚して五回目の夏がめぐってこようとするある日、彼女の良人は組合の仕事も平和運動も放棄して、彼女と子どもの側から姿をくらましてしまった。

被爆体験を単なる被災者としてしかとらえることのできぬ者は、この異常さがなかなか信じられない表情をする。五年も同棲した二人を引裂く原因を「夏」だけに求めるのは、少々ドラマチックすぎるのではないか、というのだ。しかし私は彼女の心底を理解できるような気がする。彼女は良人と子どもによって築きあげた現在の幸福を、二度と失いたくないと決意した。彼女はなんとしてでも、自分の中の「夏」から逃れようとしてもがき苦しんだのである。

重く閉ざされた時間のむこうからまたひとりの青年が私をたずねてくる。被爆者の群れの居住する部落を舞台に、十七年目の原子爆弾をテーマにした私の小説『地の群れ』について、ききたいことがあるといってきたのだ。きちんと両手を膝において青年はいう。

「あの小説にでてくる津山信夫は私のことがモデルになっとりますが、誰からきかれたのでしょうか」

「別にモデルはないけど、どうしてですか」と私はいった。

「あのとき、打ちこわされた浦上の天主堂からマリヤ像の首を盗んだのは私です。あの小説にはそのマリヤ像の首をコンクリートの欠片で粉々にして砕いてしまったことになっていますが、私はそれを戸町の海に捨てました。長崎で原子爆弾をうけた両親は死んでしまい、小説にはそれからおばあさんに育てられたとありますが、私は三歳の時からずっとひとりで生きてきたのです」

青年はそういう意味のことを少しまわりくどくしゃべったが、私の小説にモデルはなかったのだ。

「しかし変だなあ。ほんとにそれはだれからもきいた話じゃないよ」

「でも、これは僕のことに間違いありません」

そういい張る青年の目つきに、ふと不安を感じながら私はきいた。「あなたはその話をどんな人たちにしたんですか。その人たちにきけば、私がだれからもきいていないことがわかるでしょう」

「私は今まで、だれにも話していません。それでおかしかとです」と、青年はこたえた。

一九六二年、長崎からでてきて、目下、川崎のある下請け工場で働いているという青年は、去り際に、「僕のことはだれにもいわんで下さい。親類のものが困りますから」といった。

それらの被爆者たち――錯乱した青年の心を背後にひきずりながら、二十年目の夏を私は国立岩国病院の朽ちかけた病棟の前に立つ。広島、長崎に次いで被爆者の集中している岩国（現在約九百人の被爆者が明らかになっており、想定では千三百人前後といわれる）には、ベトナム戦争に積極的な役割を果している米軍基地があり、私はそこで、最初に会う被爆患者の声をききたかったのである。

旧海軍病院時代からまだ修復していないと思えるような、病棟の大部屋をビニール幕で仕切った病室に、私のたずねる松重千代子さんはふせっていた。壁際の棚にはオレンジ・ジュースの罐がおよそ三十本ほども並べられ、それに目をとめた私をみて、彼女は呟くようにいった。

「それはみんな空罐です。私たちの体に足りない栄養がそれに入っているんです。愛多き医療手当てで、毎日一本ずつ飲むことができるのをほんとうに幸わせに思いますから、そうやって感謝のしるしに並べておくんですよ」

注釈を加えておかなくてはなるまい。原爆医療法による医療手当ては松重さんの場合、月額二千円。棚に並んでいるオレンジ・ジュースの値段は一本六十円だから一ヵ月では千八百円か千八百六十円になる。それを彼女は政府に感謝しているのだ。この二十年間、原爆症に苦しみ、ただ生きながらえるためだけのような生活をつづけながら。

「原子爆弾に起因すると思われる負傷もしくは疾病」について厚生大臣宛にだされた認定申請書（一九五九・一一・二六）には、それからの二十年が固い筆つきで記されている。

「昭和二十年七月、いよいよ空襲がはげしくなりまして、私は舅と二人、東京都より広島市段原日の出町二六七番地に疎開して参りまして、原爆の直撃弾を受け、気がついた時は建具や天井板タンスなどの下敷きになっておりましたが、ケガは間もなく治り、脱毛や顔半分両足に出た紫赤色の湿疹が化膿し、二、三ヵ月も続きました。二五年春頃より風邪を引きやすく、一寸したことでもすぐ疲れ、全身がだるく息苦しく頭痛や目まいがしますので近くの増田医師にかかり、過労といわれ薬や栄養注射をつづけると少し良くなり、働きはじめると調子が悪く体重は減り、勤務が休みがちになり、あちこちの医者を廻ったあげく三二年六月原爆病院を訪れ、原爆に起因する貧血のためと診断され、貧血は経過観察を要すので毎月来院のこと、栄養や造血剤の補給、静かな所で休養が必要等の注意をうけたので田舎で静養していたところ、十二月に入り悪寒や吐気がして寝込み、歯ぐきから出血、全身倦怠や耳なり下痢不眠で全然食欲がなく、三十八、九度の高い熱が出ては下り、そんな日が十二、三日も続き、あっと思う間に顔や手足が蒼白となり、心臓がドキドキと脈は多く、目まいがひどく、苦しくて起き上ることが出来なくなり、国立岩国病院に入院し療養に専心いたしております。入院当時のひどい貧血で二十九キロに減らした体重や衰弱は今も続き、すぐ疲れて頭痛目まいで息苦しく、全身がだるく、時には目がかすんで新聞もよめない様な状態になり、何ともいいようのない不快な苦しさでございます」

そしてここに訴えられている生活と症状こそが、そのまま全被爆患者の二十年なのである。だがその申請書におされた「右、貧血症として認定する」という厚生大臣の印の何と白々しいことか。彼女はかぼそい声で「ひどくなって倒れてしまわなければ病院には入れてくれませんから、ひどくならないで、いつまでも苦しんでいる人が可哀相ですね」というのだ。

私は松重千代子さんの前にかなり長い時間いたが、結局話したことはそれだけだった。政府の医療手当でジュースを飲めることに感謝する気持と、倒れるまでひどくならなければ入院できないという言葉は明らかに矛盾するが、しかし彼女は終りの言葉を皮肉でなくいったのである。

恐らくそういう感謝の気持は、二十年の病床ですべてをあきらめきった彼女の宗教心からでたのであろう。事実、ベッドの枕元には、愛と死を説いた数冊の教本がおかれていた。

今年の三月、衆議院本会議で被爆者に対する援護措置を強化し、生活の安定をはかるべきだという社会党議員（八木昇氏）の質問に対して、政府側は、他の戦争犠牲者との均衡上、被爆者だけを特別扱いにはできないと回答しているが、ここで政治の問題を持ち出してもなんの足しにもなるまい。去り際に微笑さえうかべてもう一度、「愛多き人々に感謝します」と頭を下げた松重さんに、私は返す言葉がなかった。

数年前まで岩国原爆被害者の会の中心にいた山本保氏のお世話で、私はさらに幾人かの被爆者と会ったが、その途中、山本氏はしきりに被爆者運動の困難さを嘆じた。広島、長崎に次ぐ早い時期に作られた岩国における被爆者の組織が、なぜ停滞してしまったか、自身被爆者のひとりであり、「見合いをした時、そうつりあいがとれないというわけでもないのに断わられたことがある」という山本保氏は、その理由を朴とつな口調で語った。

「私自身、体が弱いものですから、殆ど生活保護委員とおなじような世話やき活動をやらねばならないので、とてもやりきれなかったのです。市民に対するひろがりがうまくいかないので、支えを失ったということもありますね。被爆者の会の十円カンパを労組に持ちこんでも、いろんな妨害されて、つぶされるような状況でしたから……」

要するに被爆者の運動が他の運動と根本的に異なるのは、それを推進するには生活援助から医療保護までみていけるような組織でなくてはならない。現状ではそんな暇と金と体力はどこからも生れてこない、と山本氏はいうのである。

運動のことはそれとして、私が異様に感じたのは、岩国で話した被爆者のすべてが、最後に必ず、「アメリカをもう憎んではいないが」うんぬんとつけ加えることであった。そのうんぬんの中には、二度と原爆を許さないという決意が入り、ベトナムの平和への祈願が入るのだが、私は何かそこだけが唐突にきこえ、前後の言葉が結びつかない気がするのだ。

松重さんと同年輩の土井敏江さんもその言葉を繰り返して口にした。

彼女は三十二歳の時、広島市の舟入川口町の婚家先で被爆し、顔と手足一面に負傷した。腕の白い骨がみえ、坐ると膿汁がぽたぽたと顔から流れた。姑が汚いといって、水道の所に掘立小屋を立て、まだ赤ん坊だった二人の子供を引きはなした。終戦の年の十月半ば頃、どうやら起き上れるようになって、皆と一緒の食膳に坐ると、あんたも妙な女の子じゃのう、嫁にきたのにはじめから年子を生んで、しかもピカにやられよった、と姑がいった。良人は姑のいいなりで黙っていた。

土井さんはその時、良人と別れる決心をした。それから子どもひとりを連れて岩国の実家に帰り、米軍基地にある将校宿舎のルーム・ガールになった。働かねば食べていけなかったからである。数年はそれでよかったが、朝鮮戦争が終って基地労務者が縮少されると、それまで将校ひとりの仕事をすればよかったのが、サージャン四人分をひとりで受け持たねばならぬようになった。それではとてもやっていけないので、同僚の口ききもあって、岩国では一流の久儀万旅館に移った。

ルーム・ガールの時、英語を多少話せるようになっていたので、旅館では日米交流のパーティ専用として重宝がられた。そうするうちに岩国のえらい人からもだんだん知られるようになり、市長、市会議長などに面識も得た。そのおかげで、六人も競争相手の申請者がいたのに、彼女は特に酒屋の開業を許可（一九五六年）された。話は前後するが、久儀万でも仕事が体に辛くなったので、そのあとハウスのメイドをやり、アメリカ人の子どもに月謝をとって踊りを教えた。

現在では婚家先に残してきた長女も家をとびだしてきており、二人の子どもともども幸福にくらしている。一昨年の一月には酒屋に男手がないと借り倒されるので、いまの良人と再婚した。そして彼女はいうのである。アメリカ人は憎くはないが、原子爆弾は話をきくのもいやです、と。

土井さんからきいたことをまとめてみたのだが、この行間にはいいつくせぬほどの苦労がこもっているはずだ。ただ私がひっかかるのは、広島に落とされた原爆と、戦後二十年間目の前に存在する米軍の岩国基地とが、まったく別の切り離されたものとして彼女の心にとらえられていることである。たしかに岩国の米軍基地は被爆した彼女の生活を助けてくれた。しかし原爆を落とした人間と同じ考えの者が手をさしのべたとして、彼女はそれを受け入れただろうか。むろん、アメリカ人一般が原爆を落としたのではなく、彼女がアイロンでプレスするズボンを着用した米軍将校が広島投下を認めているというのでもなかったろう。ただ彼女は米軍基地に勤務する時、一瞬にしろためらったか、と私はいいたいのだ。彼女の被爆してからの年数とおなじ年数だけ米軍基地は日本の中にあり、そしてそこからは連日のごとく、ベトナムに向けて輸送機が現実にナパーム弾を運んでいるのである。

私は決して土井さんが生きてきた二十年を批難しているのではなく、その気持もない。被爆したあと、子どもを抱えた生活の手段を米軍将校のルーム・ガールに求めたからといって、それをなじる資格のある日本人がどこにいるだろうか。ただ、繰り返しアメリカ人は憎くないがとつけ加えられることに、言葉として不自然なもどかしさを感じるのだ。

このもどかしさはまた、胎内被爆の影響で小頭症に生れついた娘のことを、数年前、岩国基地の米軍司令官に手紙を書いて訴えたという、畠中国三さん（四九）と敬恵さん（四五）の話をきく時にも通じる。

広島で生後一年四ヵ月の長男をおぶって勤労奉仕中被爆した畠中敬恵さんは、三ヵ月になる胎児をみごもっていた。翌二十一年二月十四日、百合子さんが生れたのだが、原爆の放射線はすでに胎中にあった百合子さんの脳髄を侵していたのだ。

一九五九年八月六日、広島で行われた原水爆禁止大会の外国代表を囲む懇談会で、畠中さん夫妻は胎内被爆の娘を持つ親の苦しみを訴えようとした。しかし懇談会は流会になってしまう。

同年十一月八日開かれた山口県市民平和集会で、畠中国三さんは「原爆で未来を奪われた子供とともに」と題して報告しているが、まさしくそこには「原爆の恐怖的な未来」が語られていた。

〈生れたときは非常に小さく、五百匁ぐらいでした。産婆さんが気の毒がったのでしょうか、体重を計ってくれないほどで、「この子は余程気をつけて育てなければいけませんよ」といわれました。初湯をつかわすため、お湯につけましたところ、右足は延ばすのですが、左足は内側へ曲げたまま延ばしません。それで膝頭を揉むようにして引っぱって延ばしたのですが、すでに生れた時から足が悪かったわけです。私どもはまさか不具の子が生れていようとは思わないので足の悪いことには気がつきません。発育が悪く、余り泣声も立てません。そうして誕生日が来ても歩きもせず、ものもいいません。（中略）

知らないということは恐しいことで、これが原爆の贈り物だ、これが放射能による障害だ、そうしてこの病気は全治することのない、生涯の精神薄弱、歩行障害だということを知らず、そのうちにはものもわかるようになるだろう、そのうちには、そのうちにはと思っておりました。（中略）

現在十三歳で、普通なら中学校の二年生ですが、私どもがみて知能は三、四歳程度です。現在ではオンチのような発音とアクセントで少々ものもいい、歌を唄いますが、人と話をするということはできません。一番手がかかり困ることは、お便所のことで、この頃でも、毎日二、三枚のパンツを取りかえないことはほとんどありません。その上二年前よりメンスがあるようになってからは、その手は一層かかるようになりました。

近所へも迷惑をかけてはいけないと思い、家からはなるたけ出さないようにしています。私たちが一緒にいればよいのですが、私たちがいない時は、余り喜ばれないのを知っているから、一層近所にも気を使って出さないようにするわけです。ただ出るというのはお風呂へ行くときと、たまに映画に行く四、五丁の道だけです。だからたまに外に連れて出ると、とても喜びます。〉

現在十四歳になる百合子さんは、言葉をきくのはなんとかわかるが、話すことはできない。家業の理髪店の片隅に坐っているその少女を背にして、私ははじめ畠中敬恵さんと話し、そのあと、国三さんが仕事（東洋紡理髪部）から帰宅するのを待って会ったのだが、もどかしさはそこに生じた。

「日本政府にいくらいっても見込みがないから、アメリカに責任をとらせるんだといって、司令官に手紙を書いたんです。そしたら司令官から返事がきて、広島のＡＢＣＣ（米国の原爆傷害調査委員会）に連絡してあると書いてありました。しばらくしてＡＢＣＣから女の人がきましたが、百合子のような子どもを収容する施設に紹介してやるというんです。ただそれだけでした。……」

私は、前に敬恵さんからそうきいていたので、国三さんに直接に質問した。

「奥さんから、あなたが岩国基地の米軍司令官に手紙をだされたとききましたが、それはどういうことを書かれたのですか」

あれはずっと前に書いたのだから……、とだけ、国三さんはこたえた。そして、何かに触発されたような口調で「いま、考えていること」をいった。

「原子爆弾を落とした責任を本格的にアメリカにとらせることです。アメリカは一等国ですからね。やったらやったで、すんだことは仕方がないのだから、自分のやったことに対しては絶対責任をとる必要があります。……」

「責任というと、具体的にはどんなことですか」

「アメリカからの本格的な補償です。原爆をうけて子どもはこんなふうになったのだから、子どもの将来の権利を補償してもらう権利があります。被爆者は団結して、それを要求すべきですよ。日本政府からアメリカに要求してもらえばいい。……」

アメリカが原爆を補償するために金をだせばあなたはうけとりますか。私は口まででかかった言葉をおさえた。私の反問それ自体がひどく浮き上るように思えたからである。

　怒りと苦しみのぶっつけようがなく、思い余って畠中さんは岩国基地の米軍司令官に手紙を書いたのだろう。そこに至るまでの経過の全部を知らない以上、戦争と平和の理論で急速に裁断してみても、ものもいえぬ少女の髪をいたわるようになでつける父親の胸の奥まで見通すことはできまい。

　しかし、と私は考える。日本政府に要求しても見込みがないから、自分たちの目の前にある米軍基地司令官に手紙を書くということを、どううけとめればよいのか。米軍基地司令官はいみじくもその手紙をＡＢＣＣに廻送したわけだが、読解した通訳との間に如何なる会話がかわされただろうか。

　岩国から広島までの夜行バスの中で、私はずっと、米軍基地司令官にだされた被爆者の手紙のことを考えつづけていたが、ふっと、朝鮮戦争の頃、佐世保で起った小さな事件を思いだす。背中にケロイドのできたパンパンが、米軍兵士の財布から日本円を盗んだのだ。そしてそれは単純な窃盗事件であるにもかかわらず、いっぺんに評判になった。「あたいは治療代をもらったんだ、といったそうだ」というまことしやかな尾ヒレまでつけて。

　それまで何千人のパンパンを抱えこんでいる佐世保基地市民の反応としては、やや異常に思われたが、原爆被害者（当時はそうよばれていた）がパンパンになったということに、いいえぬ抵抗を感じたのだろう。実際に被爆者の女たちはかなりの数、佐世保のハウスやバーで働いていたのだが、或はそれらの女たちが屈折した怒りを爆発させたのかもしれない。選りにも選ってアメリカ人の財布に手をつけたおなじ境遇の女と、それを嘲笑した基地の市民に対して。

それから四日間、広島を歩きながら、私はけだるい感じに襲われつづけた。被爆者と会話をかわせばかわすほど、めいりこむような気分になった。閉ざされた時間の内部に入っていくことが、如何に困難なものであるか、私はつくづくと思い知ったが、そういう私の気持をあわれむように、日雇いにでている被爆者はいった。「ここ（職安）にでている者は誰もほんとのことは話しませんよ。ピカのことは馬鹿らしくて話せないからね」

ピカのことはなぜ馬鹿らしいのか。別の自由労務者はまわりの者にひやかされながら、「おなじ被爆者でもピンからキリまであるよ。おれたちはキリの方だから、いくらピカのことをはなしても誰も相手にしないよ」といったが、そういう言葉に関係があるのか。……

私はここで広島に日雇労務者が何人おり、そのうち被爆者のパーセンテージはいくらかという数字をあげることはやめようと思う。ショッキングな数字ではあるが、それだけではあまりにも空々しく思えるからだ。

一緒に焼酎を飲もうという私のみえすいた誘いを苦笑しながら断った四十五歳の労務者は、「被爆者は夏になると体がまいるので、一ヵ月に半分しか働けないと書いて下さい」といった。彼の賃銀は一日五百円少しというから、月の実収を計算すると大体七千五百円になる。

日雇にでている労務者にくらべて、観光用ともいうべき被爆体験をまるで公式のような口調で披露する女性の被爆者もいる。広島の町では有数の酒と魚料理を供する店だが、広島を見にきた旅行者に対して彼女が自分の体験をまじえて、要領よく広島の変遷を語るというしくみだ。巨人軍の長島・王・金田選手にも「八月九日の様子を語ってきかせたことがある」という彼女だが、その体験記はそのままテープに吹きこんでもおかしくないくらいまとまっている。

平和記念公園にある原爆記念館の見学者に、一個三十円で貸す金色のイヤホーンも日米両語で要領よく資料室を案内するが、それすらも彼女の整理された舌説には及ばないように思えた。彼女はまず当日の天候からはじめ、市街電車に乗っている自分に話しかけた車掌の不安を予測するような言葉を語りついでいくのだ。しかし結びの言葉は、「いま広島の原爆ドームを撤去しようという動きと、反対する人びとが対立していますが、どちらの人たちも平和を愛する気持はひとつだと思います。……」


広島の原爆ドーム。アベックの多い川畔で、先夜きいた観光体験記を反芻しながら、私の心は次第に長崎の浦上天主堂が取り壊される時の状態に没入していく。――

一九五八年五月三日、私は一日中そこにいた。

四月十四日午前八時から始まった原爆廃墟の打ちこわし作業は移築される一部を除いて大半を終了し、あとはただくずれた赤レンガの運搬が残っているだけであったが、文字通り瓦レキと化した長崎・浦上天主堂跡に降りそそぐ驟雨の中に、こうもりがさをさしたまま身じろぎもせず立ちつくす一人の青年がいた。彼は小一時間ほどそうした姿で、くずれ残った赤レンガの壁をほとんど食い入るようにしてながめ、それから教務堂の前に横倒しにされた、ムシロをかけて並べられている聖母マリア像の近くに歩み寄った。

だれもいない広場の中に黙然とたたずみながら、青年は一体何を考えているのだろうか。私が話しかけると、長崎造船所に勤務するという青年はいった。

「ここの打ちこわしが決定してから、休日ごとにきています。なぜか自分でもわからないんですが。なんとなくきてしまうのです。センチメンタルだと人は笑うかもしれませんが、あんなに気持をひきつけるものをどうして打ちこわしてしまうのかわかりません」

一九四九年に発足した原爆資料保存委員会が、それまで二十七回の会合を持ち、そのうち「浦上天主堂を保存する」という委員会議決を九回もだしていたにもかかわらず、なぜ打ちこわされることになったかの細かい経緯についてはここでは触れない。ただ、当時（一九五八年二月十七日）開かれた臨時長崎市議会で、「長崎市を訪れる各国の元首その他の長崎観光客をして、一瞬原爆の恐ろしさ、戦争の愚かさを反省せしむる貴重な、歴史的な資源とするために、これは万金を惜しまずして永久に……保存すべきであるという観点に立つものでございますが、田川市長はこの長崎市民の世論をどのようにおくみとりになっておられるのであるか」と質問した岩口夏夫議員に対して、「現段階において、浦上天主堂の残骸が、原爆の悲惨を物語る資料としてじゅうぶんなりや否や、……私は率直に申しあげます。原爆の悲惨を物語る資料としては適切にあらずと。平和を守るために存置する必要はないと、これが私の考えでございます。……政治的に働くことが足りなかった、といわれてもよい、熱意も足りなかったと申し上げてもいい、さらにまた財源の点からいっても、それだけのものを注ぎこむという財源はなかったというふうにおくみとりになって結構と思っております」（いずれも市議会速記録による）とかなり大胆な答弁を行った田川市長のことばをここに記録しておこう。

一九六三年の原爆記念日を前に、広島の浜井市長と電話で対談した田川長崎市長は、「原爆被爆者の声には一つの使命感がある。一発の原爆で何万人の人が死んだということは、それ自体、大きな意味を持っている」（毎日新聞、一九六三・七・二五）と語っているが、おそらくあのとき、ムシロをかけられたマリア像の額にそっと手を触れた青年は、複雑な気持で読んだにちがいない。

広島を去る日、私は原爆病院に重藤文夫院長をたずねた。めいりこむような気分は殆ど絶頂に達していたが、私の苛だたしい質問に重藤院長はいちいち丁寧に応答された。

原爆の放射能が如何なる遺伝的な影響を及ぼすか、現段階ではまだ学問的に判明していないが、影響がないとはいいきれない。もし影響があると認められた場合、そういう子どもを国家が保護する道を作っておかねばならない。ただそれをあまり強くいいきれない問題がある。それが総括的なこたえであった。

そして重藤院長は私の苛だたしさをなだめるような手つきで、一通の手紙を示されたのである。それは六月一日、前橋市のY氏から重藤院長宛にだされていた。

「実は私たち二十名はおたがいに顔も名前も知り合わないものさえいく人となくまじる、ごく普通の平凡な生活をおくるものたちです。ただ一つ私たちというなにか特定のあつまりをさすような感じの言葉は、おなじ気持をいだいている……そのことだけのために使用することのできる言葉です。私たちは『平凡な生活の中で被爆者への協力を日常的なものにしたい』と考えている、そのことだけのためにあつまりました。

具体的には毎月一人百円ずつ合計二千円をあつめてお送りするということ、私たちが日常生活の中で無理なく長くつづけられるということはさしあたりそのくらいのことしかありません。

被爆者の方々をお手紙により力づけ慰めるなどということがどうして私たちにできましょう。将来文通などひらけてご希望なりが具体化するときがまいりましたならば、更にご協力をふかめることもできるかもしれませんが……。

現在の私たちは、わずかにこのくらいならば長い将来にわたって継続することもできるだろうと考えて、手をつけた次第です。

原爆病院の入院患者の方でも通院患者の方でも結構です。どなたかお一人毎月わずか二千円ずつですがお送りすることが無意味にならないような方をご紹介いただけませんでしょうか。同封の二千円はその一回分として差上げていただけたらと考えております。私たちの中にも、たくさんの方へ……という意見や、群馬県にすむ被爆者へという希望やさまざまありますが、只今はさしあたりお一人の方に一年間つづけて、その結果で考えることにしようということになっております。

ただいかにも僅少でまことにおはずかしい次第ですが、よききずなとなることができますよう願っております。私たちの大部分は主婦ですが、ごく少数ですが組合に属するものも政党人も参加しております。

しかしだれもが被爆者救援をよびかけた募金は直接被爆者のためにつかわれることを望み、妙な大会合戦や動員くらべにつかわれないよう強く希望しております。信頼できる組織やルートをもたないことのために大きな力の浪費があることも事実ですが、今は私たち平凡なごく普通のものたちが直接被爆者との協力のすじみちをさがしつくらなければならないように感じております」

私はこの、自分たちのできる場所からやっていこうとする勇気のある人々に心を衝たれる。だがこの暗黒の中の灯のような金さえ、合法的な方法ではひとりの被爆者にも届かないのだ。なぜなら同封された二千円をこちらで選んだ患者に渡せば、月額四千円の生活保護が打切られるからです、と重藤院長はいう。

なぜ廃鉱を主題に選ぶか——私の内面と文学方法

なぜこうも廃鉱ばかりに執着する主題を選ぶのか。近ごろよく私はそういう質問を受けますが、一口にいえば、崩壊して行く人間の内面が作家としての私の想像力をはるかに上回っているからでしょう。現実と虚構の折重なっている接点とは、数年前、私が第二の故郷ともいうべき崎戸炭鉱（佐世保港外）に帰って目撃した印象ですが、荒廃しつくした現実は、小説家面した私の貧弱な想像力をしたたかにうちのめしました。砂利業者に削り取られたボタ山を背景に、古びた大正琴を掻き鳴らしながら流浪する元坑夫の節とも言葉ともつかぬ嘆きは、そのまま、忘れられた人々の「とげ歌」（呪い節）ともいえます。

ああ、こんな情けないことがあろうか。
取るものはみんな取られ、
しまいには嬶まで取られた。
取られたら最後、

もう何にも戻ってはこない。
ああ、こんなくやしいことがあろうか。
親の目の前で娘がぶたれる。
高利貸から差入れされるのはただ、
腐れぼうぶら（南瓜）ひとつ。

私はその門付《かどづけ》する男の歌（?）を、今年の夏、長崎県の松浦市できいたのですが、ラーメン屋にさそって話合ううち、私はふっと疑惑にとらわれました。北松（長崎県北松浦郡）の神林炭鉱で働いていたという真黒い顔をした五十年配の男は、マルタン（炭鉱離職者）になってからのつらい日々について縷々と語ったにもかかわらず、棹取り（運炭夫）という言葉をきき返したからです。

棹取りを知らない坑夫がいるだろうか。てっきり偽物のマルタンだと私は思い定めましたが、そうすると男の門付するとげ歌は一体どんな意味を持つのか。男はなぜ、マルタンの風体をして高利貸を呪い歩くのか。

恐らく食うに困ったルンペンが、どこかできいた話か歌をおぼえて、それを取入れてめしの種にしているのに違いない。そう考えていくうち、私は真実の元坑夫の悲しみとたがわず、その偽マルタンの歌う呪い節に、生活保護費までも差押えられる嘆きがこめられているような気がしたのです。

先ごろ、私は東北農民の貧困と語り継がれる願望を主題にした『常陸坊海尊』（秋元松代作・演劇座公演）を観ましたが、第二、第三海尊の悲惨ないんちきと、それを伝承して誕生する新しい海尊の足どりを追いながら、しきりに「ああ、こんな情けないことがあろうか」と目をしばたたかせる偽マルタンのことを考えていました。

小説『階級』（『群像』六七年十月号）で、私は「廃鉱の中の人間」を書いたのですが、偽マルタンの「とげ歌」はわざと使いませんでした。印象があまり強烈だったので「棹取り」につまずいた元坑夫を登場させると、かえって作り話めいた感じを与えることを恐れたのです。

虚構を越えた虚構、あるいは偽物によってしか表現できぬ荒廃ともいうべきか。八月、北松からつづいて筑豊に回ったのですが、田川市に隣接する廃鉱地帯で、私はさらにもうひとつの虚構的な現実に出会いました。

鉛色の廃屋群の中を通過する白いコンクリート道路に、ひとりの男が赤のマジックインキで幽霊の漫画（?）を次々に描いているのです。ひとりの幽霊は口にネコをくわえ、手には何匹かのネズミをつかんでいる。頭にキャップ（坑内帽）をつけた別の幽霊は鳥打ち帽をかぶった眼鏡の男をかみ殺そうとしており、「助けてくれ。金はもう返さずともよい。なんでもいうことをきく」という言葉が添えられています。

偽マルタンの門付歌とは逆に、ここでは高利貸が悲鳴をあげているのですが、幽霊である以上、マルタンはすでに死んでいるわけですから、内容の悲惨さは同じものだといえましょう。

「どうしてこんな道路に幽霊の絵なんか描いているのですか」と私がきくと、小ざっぱりした半そでと釣合わぬような古い地下足袋をはいている男は、「紙を持っとらんからねえ」と答えました。「炭鉱で働いていたんですか」と重ねてきいたのですが、それっきり男はものもいわず、つべこべいうとお前も幽霊にしてしまうぞ、というような目でじろりと私を見るのです。

男はきっとやりきれぬ思いを幽霊のうらみにこめようとしたのでしょう。キャップの口からしたたる赤いマジックの血は、そのことをはっきり告げていました。ここ数年、私の小説がなぜ廃鉱群をさまよい歩くのか。書けば書くほど、同時に諸刃となって自己の頽廃に突刺さってくる現実が、なんとかして切開こうとする私の小説の方法を、饐えた声でいつまでも嘲笑しているからでしょう。

掲載されぬ「三島由紀夫の死」と「国を守るとは何か」

この小文は『新潮』二月号の特集「三島由紀夫の死」の依頼に応じて書かれた「醜悪な原点」と題するものである。しかし同誌編集長酒井健次郎氏は「表現が生々しすぎる」との理由で、掲載できぬと通告してきた。次に附する同氏の手紙は公開を前提としての原稿掲載拒否の回答である。なおこの小文には一九六九年秋に起きた朝日新聞社による原稿掲載拒否問題（安保特集「『国を守る』とは何か」の依頼を受けて書き、「天皇制を否定する」主題の故に発表を拒否された問題）も二重にからまっている。その理由として書き送ってきた、朝日新聞東京本社学芸部長（当時）山崎端夫氏の回答もあわせて附記する。

一九七〇年十二月十九日

拝啓

「新潮」二月号の特集「三島由紀夫の死」のためにお書き頂きました玉稿「醜悪な原点」のことにつきまして、御諒解とおわびの書面申しあげます。玉稿は十二月十九日拝受。早速拝見いたしました。井上先生のお立場から当然の御発言と存じますが、政治的姿勢の御発言に終始し、またその表現が生々しく、文学雑誌にそぐわぬ感がいたしました。この感想をお電話で申しあげ、御改稿をお願い申しあげましたところ、編集部の註文は「一部の改稿ではなく、全面的改稿になるので、それは出来ぬ、原稿の返却を」とのお言葉を頂きました。こちらからお願いしてこのような仕儀にいたりましたことまことに礼を失したことと存じますが、止むを得ずお言葉に従わせて頂きます。失礼のことは重ねておわび申しあげます。

十二月十九日

新潮編集長　酒井健次郎

井上　光晴様

いつもご協力をいただき、あつく感謝いたします。この度も深夜まで補筆して下さったご様子、まことに恐縮でした。今回の「七十年安保」＝「国を守るとは何か」シリーズ筆者の一人として論稿をお願いいたしたのは、ユニークな作家として私どもが注目いたしているからです。今度の原稿は三島由紀夫氏の論を念頭におかれたものと存じますが、貴稿については、構成表現、したがって説得力に疑問を感じました。筆者の力量が十分に発揮されているとは考え難い原稿であるため、文化欄の編集責任者として掲載を見合わせました。せっかくのご労苦に反する結果になりましたが、当方の意のあるところをお汲みとりいただきたいと存じます。

四十四年十一月十一日

朝日新聞東京本社学芸部長

井上　光晴様

山崎　端夫

「三島由紀夫の死」の醜悪さは、ようやく私の内部にひろがりつつある。それは、生きながらえ、甦ろうとする天皇制の腐臭ともいえるが、事件以後、多くの人々の語った三島由紀失観の大半は、もっともらしい口調でありながら、本質の問題を避け通しているのだ。

どのような見方をしても、三島由紀夫の自殺は濁りに濁っている。太平洋戦争の末期、私は出撃を間近かにひかえた特別攻撃隊員の友人と数時間ともにしたが、何を話してもつじつまのあう言葉にならず、青ざめた顔をひきつらせるばかりの予備学生の乾いた唇を、忘れようとしても忘れることができぬ。しつらえられる限りの舞台を背にして割腹した三島由紀夫の死と、「天皇危し」の掛け声によって狩出された青年の死を比較することに激しい苛だたしさとむなしさを感じながら、私はやはり、「天皇陛下のために」戦争で殺された幾千、幾万の良人や兄弟、息子たちの悲惨な運命を思わぬわけにはいかないのである。

自殺する自由さえなかった青春。明朝沖縄の海に突込むことは決定しているのに、最愛の人に電報さえ打つこともできず、声もきかぬまま、若者たちは次々に飛び立ったのだ。「ぼくは、むしろ天皇個人にたいして反感を持っているんです。ぼくは戦後における天皇人間化という行為を、ぜんぶ否定しているんです」（図書新聞・十二月十二目号）と、三島がしゃあしゃあという、人間ではなかった天皇のために。

一体、三島由紀夫は如何なる天皇と天皇制を考えていたのか。仮に、彼の願う通り、自衛隊のクーデターによって憲法を改正し、天皇制の純粋な復活が実現したとして、日本とそこに生きる人間はどうなるのか。

三島由紀夫の生前の言葉は、それこそさまざまな角度からありったけの解釈をつけられよう。一部にせよ全学共闘の名前で追悼されるほどの倒錯した情況のなかで、文学的にも政治的にも、飾られる花の色合いには事欠かぬに違いない。しかし根底を見落してならぬのは、人間天皇にさえ反感を持つレベルの天皇制復活をはかっていたということである。自分の美学体系のためには、歴史も戦争も、人間の悲惨と民衆の絶望さえも賭けようとしたピエロの露骨なスローガンこそ、まさに「わが友ヒトラー」に通じるものであろう。

どのような思想であれ、死を賭して問う者の心を哀れだとするみかたがある。しかし私にはいま、欠片さえもその気持はない。いくら死を賭しても愚劣な思想は愚劣なだけだ。もし、ユダヤ民族の絶滅を叫びながら焼身自殺するファシストがいたとしてもなお哀れといえるか。もし、ソルジェニツィンの逮捕を要求して首をくくるモスクワの括弧つき共産主義者がいたとして、その青年の行為をわれわれは受入れられるか。

三島由紀夫はまったく、それと同質の非人間的な思想を振りかざしながら、これみよがしに腹を掻切ったのである。

あれだけの犠牲を払ったあげく、まがりなりにも人間は平等であらねばならぬという考え方の端緒を握りしめることのできた戦後体制のすべてを否定し、男同志の友情を美意識の原点におきながら、天皇親政の軍隊によって人民を包囲させようとする彼の思想を認めることの、人間に対する責任を深底まで考えるがよいのだ。

戦時中、天皇制下における、坑夫の生活はおろか、「テンノーヘイカノタメ、タンコーユク」という片言の日本語だけおぼえさせられて日本内地に強制連行された朝鮮人労働者の実態を知らず、戦死者の遺族がどんな生き方をしてきたか、考えることさえ拒否するような文学者に、どだい、天皇と民衆の関係を論ずる資格などありはしなかったのである。

正直にいえば、私は三島由紀夫の天皇観を、今度の事件であらわれたほどレベルの低いものとは思っていなかった。文化防衛論における天皇思想の混乱にもかかわらず、それ故にこそ、もしかするとまったく逆のことを考えているのではないかという気持もなくはなかったのである。自分の編集する雑誌『辺境』二号のために「天皇論」を電話で依頼した時、三島由紀夫は「天皇については文化防衛論でつくしました。あなたの期待するような裏はありませんよ」と答え、つづいてからからと笑ったが、その笑い声にさえ私はなおも引っかかっていた。まさか『仮面の告白』と『禁色』の作者が、それほど低級に天皇と短絡するはずはないと疑っていたのだ。

好むと好まざるとにかかわらず、三島事件は戦後二十五年を経た現在、一九七〇年における反動思想の中核を浮彫りにしたが、われわれにとって天皇とは果して何なのか。三島由紀夫の自殺が報じられた日、私の念頭から終始離れなかったのは、川端康成の表情であった。死をきいていち早く現場に駈けつける暗い顔ではなく、先年、ノーベル賞受賞式に出席した際の晴れやかな顔である。羽織袴の上に垂れ下がった文化勲章。その文化勲章をつけた姿に、同じ作家として耐え難い気恥ずかしさを感じたのだ。芥川龍之介の難じた「勲章」とはむろん裏も表も違うのだが、勲章に象徴される、変革なき秩序のありようを肯定した文学者の絶頂ともいうべき表情が写しだされていたからである。

軽井沢の別荘に立ち寄った皇太子妃との対談の始終を臆面もなく披露する文学者だからこその文化勲章着用でもあったわけだが、そこに感じた思いと、三島由紀夫の割腹に対する気恥ずかしさが、私の何処かで重なり合ったのだ。

ついでにいってしまえば、学士院会員や芸術院会員に選ばれて、いちもにもなくそれを名誉と思う学者や芸術家たちの内面の構造も、恐らく似たりよったりだと思う。

逆説的にいうと、天皇陛下万歳と叫んで割腹した三島由紀夫の死は、まさに、日本の戦後が引きずっているそこの部分にメスを突き立てた。「小泉信三が悪い。とっても悪いよ。あれは悪いやつで大逆臣ですよ」（前出・図書新聞）という三島は、元々天皇主義者でありながら、平和と進歩主義の仮面をかぶりつづける知識人や芸術家の体裁のよい面を逆なでしたのだ。

自分にとって天皇制とは何か。三島由紀夫は最も愚劣な手段でそれを証明してみせたわけだが、幸い私の手許には三島由紀夫の論説に触れながら、それを明らかにした一文がある。一九六九年の秋、朝日新聞の企画した安保特集「『国を守る』とは何か」の依頼を受けて書き、「天皇制を否定する」主題の故に発表されなかった原稿である。

太平洋戦争が暗鬱な進展を見せていたころ、一九四四年五月十五日、満十八歳の誕生日を迎えて、私は日記に小説『醜御楯』（注＝満州国新京文芸社発行「藝文」掲載、作者工清定）の読後感を次のように書き記している。

『醜御楯』をよむ。奇妙な感じがするのは作中人物の摂津国主典磐余諸君《いわれのもろきみ》が大伴家持に「いままで年毎に書留めましたる彼ら防人《さきもり》の歌でございますが、旅のお慰みもと諸君存じ、おこがましくもかくのごとく、へへへ」といって防人の歌をさしだす場面である。しかもその歌は「障散《さなへ》ヘヌ勅命《みこと》ニアレバ悲シ妹《いも》ガ手枕ハナシ奇《あや》ニカナシモ」（いなやの言えぬ天子様のご命令とあってみれば、おれは防人として、なつかしいあの妻の手枕を離れて来は来たものの、われながら、なんとまあ不思議なほど、あの妻がいとしいわい）というようなものなのだ。これはどういうことか。大伴家持の手元に集められた防人の歌はあわせて一六五首、そのうち「今日ヨリハカヘリミナクテ大君ノ醜御楯ト出デ立ツ我ハ」とうたわれ、大君のために絶対服従を意識したものは、わずかに八三首。残りの歌はすべて「カラ衣スソニトリツキ泣ク子ラヲ置キテゾ来ヌカ母《おも》ナシニシテ」（おれは旅立ちのとき、おれのこの着物の裾にとりついて、泣きわめきながら離れようともせぬ子どもたちを、なだめすかして後に残してきたよ。その子どもたちは母もない孤児なのに、ああ思えば可哀そうなことをしたわい）ふうなものとは驚く。果してこの作者はなにを訴えようとしているのか。判断に苦しむ。

つまり、天皇の命令と妻への愛りんとを対置させた「防人の歌」の人間性を主題にした作者の意図が判明しないと、鬼の首でも取ったように非難しているのである。さらに翌年の七月十日、私は便せん七十枚に書き込んだ手記風の小説（？）『愛国者』を脱稿している。物語は主人公の少年が近く出撃するという特別攻撃隊員の手紙を受取る場面からはじまる。

「……こんなふうな気持で祖国のことを考えたことはかつてありませんでした。これまで余りにも付焼刃みたいな学問を身につけすぎていたのです。なぜ自分は生きる意味について悩んだのでしょうか。今となって考えればなんだかおかしいような気がします。生きる意味はすぐ目の前にあったのですからね。天皇陛下と祖国。こんなことを書くと貴兄に怒られそうですが、現在はすでに一点の迷いもありません。空は澄みわたっています。……」

当時の日記と自分で編集した詩の手帳を私は残らず保存しているが、いま読返すと、殆ど狂気にも似た「愛国者」の切っ先をわが身に突き立てている。

そがん食うな　そのめしは明日まで　食べんばとばい　はかりめしにせんばどうにもならん　ほんなこて　こいじゃたまらんたまらん　そがんいうてもひもじかもん　がみがみいいなさんな　なんとかなつくさ　なんとかなるもんね　もう中段から二升も借りとる　おりゃこれで二杯目　嘘いえいくらと二杯目かあ

（はかりめし）

一九四一年（昭和十六年）七月七日、長崎県崎戸炭鉱二坑の薄暗い繰込室で採炭伝票の裏にその詩をつづった十五歳の私は、天皇の国を防衛し、世界をひとつの家にするという「聖戦の意義」を養分として、敗戦直前には、死ぬことに一点の迷いもないなどと書くに至ったのである。

「国を守る」という思想がひとたびゆがめられると、どのような形式と内容に変化するか。私はそれを明示したかったのだが、あえていうと私の生きつづけてきた戦後の時間は、すべてがその一枚の赤紙で人間を死に追込んだ不死鳥のような体系に対する告発によって支えられている。過去だけを告発しているのではない。現在の「日本国」を今なお貫き徹している、人間が人間を差別し、搾取する論理と構造をたたきつぶすことを、私は自分の生きる基準としてきた。

天皇制の問題を論ずること自体、タブーになりかかっている時、ここを素通りしては何も見えないと私ははっきりいいたい。金儲けのためには他国の死さえ犠牲にしてかえりみぬ「繁栄」した資本主義と、それを裏返したに過ぎぬ現代の社会主義官僚体制の虚偽を側面におきながら、一九七〇年代における変革の根本問題を鋭く提出したいのである。

社会主義革命を標榜する党すらが、一旦は「天皇制の廃止」をスローガンに掲げながら、自ら腐敗して行った体制と見合うかのように、戦いを放棄し、「民主主義の象徴」をなし崩しに認めてしまったところに、戦後の逆流がはじまったのだと私は思うが、構造の中核に触れずに、一体どのような思想と現実の変革が可能なのか。

天皇制を利用しようとする表面的な流れについて、今はおく。元大臣の勲一等から巡査の勲七等まで恥知らずな序列の復活さえ、それ自体はいわば子供だましに過ぎない。私が恐怖を感ずるのは、それをふたたび犯すべからざる存在として強化しようとする資本主義と国家主義の絡みあう条件である。三島由紀夫氏は「権力意志を止揚した地点で、秩序と変革の双方にかかわり、文化にとってもっとも大切な秩序と、政治にとってもっとも緊要な変革とを、つねに内包し保証したナショナルな歴史的表象として、われわれは〈天皇〉を持っている。実は〈天皇〉しか持っていないのである」と書いているが、三島氏が与えるものと正反対の意味で、私も殆どそう思う。「権力意志を止揚した地点」とは強弁も甚だしいが、そのような論理を生みだす根元として、つねに存在するからこそ、〈天皇〉を考えることをタブーにしてはならないのだ。およそ文化の中心に〈天皇〉を据えようとする思想ほど見えすいたものはあるまい。それは何よりも人間であるべき日本人の真実を否定し、現実の歴史を故意に倒錯させようとする祈りにも似た呪文である。

天皇制の質の変遷について、ここで論ずる余裕はないが、反乱する学生や労働者、市民の眼が早晩「天皇制」に向う危機感を予測するからこそ、三島氏はその楯となることを志し、機動隊はなりふりかまわず自分たちの国の憲法すらも踏みにじっているのだろう。

守るに値しない国を守るわけにはいかない。逆説的にいえばそれが「国を守る」ということなのだ。沖縄を見よ、筑豊を見よ、三池を見よ。広島と長崎の原爆病院に呻吟している人たちのことを思え。三池炭鉱で働く「勤続二十三年のベテラン運転手」の手取り二万四千円という数字は一体何を意味するのか。千円の小遣いが封筒に入っていたことが明らかになれば、その分だけ生活保護費から差引かれるという原爆病院患者の現状は、まさにこの国が虚偽といかさまに支配されていることを証し立てているが、国を守るとは、世界と日本列島の饐えた状況と徹底的に戦うということの別の表現にすぎない。

話を身近に移すと、私の住む団地の近くに日大の文理学部がある。現在、校舎の周辺は有刺鉄線が張りめぐらされ、正門は「不法侵入者」に備えて学校側の構築したバリケードによって固められているのだが、その前を自転車で通るたびに、私は吐き気をもよおす。「静粛に受講し」「大学の指示に従う」ことを父兄（保証人）ともども確約した代りに、受講票を与えられた学生は、職員とも何とも判断のつきかねる男たちの警備する横手の入口から、神妙な顔をしてはいっていき、静粛な聴講を終えた学生がまた、正門のひとりずつしか通れない狭い通路から放たれてくる。その愚かすぎる形式と内容が、虫酸が走るほどの不快感を突き上げるのだ。

不正事件を契機にあれだけつづけていた真剣な戦いを目撃していながら、まるで拘置所にでも向うような恰好で受講票を差しだす学生の表情はあまりにも明かるすぎる。時代劇にでもでてきそうな砦ふうのバリケードをくぐらされる時、彼等は鶏でも扱うような仕打ちに対して何の怒りも感じないのだろうか。すでに「大学」から遠ざかってしまった「囲い」にしかすぎない場所に、ただ「大学」を卒業するために通う姿ほど滑稽なものはあるまい。もちろん日大の学生に限らず私はいっているのだが、現在、解体してしまうだけの意味しか持っていない「大学」に、どのような青春を期待しようというのか。

機動隊員の楯と同じ色をした鉄板によって守られている「日本大学」の姿は、そのまま腐臭漂う日本を侵略から防衛しなければならないという思想に通じている。

ジュラルミンで塗り固めなければ安住しない者にとって、「侵略」と「反逆」は次第に同義語に化しつつあるが、その故にこそ彼等は、自分たちの「国を守る」ために、反逆者に対して「住みよき民主主義」のへいを乗りこえてまでの弾圧を決定せしめたのだ。

「七〇年安保」を迎えて、いわゆる「天皇の世紀」は対決の場にようやく歴史的な本性を投影してくるだろう。決定的に暴力を否定しながらつねに反逆者の側に立って、私はそれを撃つ。

コンクリートの中の視線——永山則夫小論

抱きしめようとする手に、永山則夫は容赦なく鉄槌を打ち込む。抱きしめたいのは言葉だけの変革者、手を汚さないテロリストだ。「プロレタリアの仮面を覆《かぶ》ったブルジョア的ハイエナ」を徹底的に憎悪しつくす彼にとって、「ハイエナ」的解説位苛立たしいものはなかろう。現に彼はこのすばらしい書物の中で、それをはっきりと表明している。

「既成現存のプロレタリアートからの知識人、プチブル及びブルジョアジーの知識層、こいつらを見ていると苛々してくる。本当に(!)、苛立つのだ。——私が、空論駄弁はもうとうの昔に過ぎ去ったという時、こいつらを念頭においている。また、このような私を彼らは理解できないし、しないのだ、苛立たしいくらいに」

そこには私の名前もあげられているのだが、決して皮肉に抜粋しているのではない。「敵も味方もないものぐらい、カタルシスが不可能であるものはない」と、冒頭に掲げる本書の全篇が、「プロレタリアの仮面を覆ったブルジョア的ハイエナでしかない」既成現存の知識人を刺すことに向けられているからだ。人民をわすれたカナリアたち。永山則夫の主題は明瞭そのものである。

「知識」とは革命的でなければならず、人民のために死をも賭けぬ思想はしょせんまやかしに過ぎぬ。「私の死のためにも」ブルジョアジーの限りなき恐怖を要求する。獄中ノートはそれ自体判決の書だ。

昭和四十三年秋、ピストルによる連続殺人事件を起し、四十四年四月、東京で逮捕されてから現在までの時間、永山則夫の脳髄に蓄積された暗闇のなかの光と影は、それこそ戦慄にみちている。如何に死ぬべきかの一点を凝視する眼は、やがて、如何に生くべきかに逆転していくのだが、「階級敵対の社会内」で壁のなかの真実をつかみ取った瞬間、自分のおかれている全状況を貫く知識を得た彼の場所に、すでに悲劇という形容はふさわしくない。

現代日本におけるタブーを、自己の手を見つめることによって知らねばならなかった人間の不幸な運命。天皇制と資本主義社会の犯してはならぬ領域を撃とうと決意した時、弾丸を使い果している者の無念さ。自己の犯罪に対する永山則夫の激しい慟哭は殆ど類がなかろう。

それ故にこそ、まことしやかな言葉と理由によって自分を裁こうとするものを憎悪しつくすのである。永山則夫に対する検事の最終論告（判決要求）をきく機会を得た時、私は書いた。

「検事はためらいもせず、はっきりと〈死刑〉という言葉を口にしたが、その瞬間、永山則夫は身じろぎもせず、顔色さえ変えなかった。恐らく戦後日本における裁判の本質を、すべて見通した上で、ひとつとして真実の裏打ちされていない言葉をきいていたのであろう。永山則夫における犯罪とは何か。それは彼自身の内面をふまえながら、民衆の窮乏を生みださざるを得ない国家の問題として、一層深く抉りださねばならぬものだが、検事がことさら被告の〈生いたち〉として通り一遍に扱おうとした、まさにその部分にこそ〈殺意の動機〉は隠されているのである」

生いたちについては彼自身が『〈無罪論〉草稿目録』のなかで、本質的に捉え直している。第一篇、父。第二篇、兄妹ってなんなんだ。第三篇、流転。第四篇、弾丸を撃つ。第五篇、死んでもいい。

新聞記事風に辿ると次のようになる。「昭和二十四年六月、北海道網走市に両親の第七子として出生。二十九年十月、一家離散。リンゴせん定職人だった夫のとばく癖と極貧に耐えきれず、母親は青森県の実家に帰り、直後、父親も行方をくらましたので則夫たち四人の姉弟は取残されてしまう。干しうどんを煮ることもできず、生のまま分けあって食べたのもこの冬だ。翌年、母親のもとに送られ、小学校から中学に進む。小学校高学年より新聞配達のため欠席多し。昭和四十年、中学卒業とともに上京、渋谷のフルーツパーラーに就職。同年九月、同店をやめ、以後三年間に七回以上の転職。自動車整備士、米屋、牛乳店、クリーニング店等を転々とする間に、定時制高校に二回入学し直したり、二度の密航を企てたりする。……」

第二篇「兄妹ってなんなんだ」に「赤飯タイテヨロコブベシ」という項目を設けているが、「母親と名乗る御仁」に向けられる永山則夫の言葉は、怒りとも悲しみともつかぬものにうち顫《ふる》えている。「五寸釘で無数の穴をあけたアルマイトの鍋が彼の母親のもとに残されている」（傍点は永山）と書かれたことに対して、「世の母親たるもの自分の生んだ子をこのような誹謗されると確実に分ることを言うであろうか？」と反駁しつつ、こういい放つのだ。

「中学卒業当時、私の母親と名乗る御仁は何々病というもので入院していた。私がその頃盛んにぐれていた所以もあり、一人の妹と一人の私生児は母親と名乗りたかっている御仁の病院から学校へ通っていたものである。この頃は、丁度新聞配達も辞めていたから私が自分で食って生きることは出来なかったものである。この頃も、三日間、水だけや少しの大根を生かじりしたり、たき火で焼いたり、そしていてあの二階で寝ていたことを思い出す――尚、一階はベニヤ板二枚かさねただけで、便所がくっついていた、この長屋の全住民の屎尿を集めたところである。めしを喰っている時分、ジャー、ビリビリという音は、これまた何ともいえぬほどおいしい食事となった。兄妹を殺そうと考えもしたのもこの頃である。――手紙を出しても、金はもとより返事さえも送られてこなかった。そして、上京が近づくにつれて、母と名乗る御仁と二人の妹は、私があの長屋から消えたら、〈赤飯タイテ喜ブ〉とはしゃいだものである。因みに、この〈赤飯タイテ喜ブ〉のは、どうやら今でも通用する――私が刑死した晩には、〈赤飯タイテ喜ブ〉と」

　永山則夫における「教育」という問題について、私はすでに触れたことがある。自分の挿話を引かねばならぬことにためらいを感じるが、話を展開するために諒せられたい。

　私は小学校に入学したばかりのころ、たばこ屋の店先からガラスのケースにはいった「なでしこ」（刻みたばこ）を盗もうとしてつかまったことがある。

満州にいた父からの送金はすでに一年余りもとだえ、金目のものはアルミニウムの小ナベに至るまで売払い、二つ年下の妹が寝入るのを待ってから祖母と二人、最後に残った着物を質入れに行く途中、妹の泣声がきこえたといってはふたたび家に引返すような、それこそ芝居じみた貧乏ぐらしのなかで、たばこにだけは耐えられず、路傍の紙たばこを拾う祖母のゆがんだ顔つきを、子供心に見ていられなかったのだ。

知らせを受けて私を引取りにきた祖母の、人目をはばからずに泣き狂う姿を、今でもありありとおぼえているが、それからすごした私の人生は、つねにその無残な情景を原点として動いているような気がする。言葉を変えていえば、私のなかの「教育」は、まずその疑問から出発した。

ばあちゃんはなぜたばこを買えないのか。なぜ父から金は送ってこないのか。恐らく永山則夫の脳裡には、それに倍する無残な情景が重なりあっているに違いない。彼の略歴をなぞるだけでもそれは明らかだが、生れながらにして色わけされていた「社会」と「人生」に対して、永山則夫はピストルによってしか反抗するすべを知らなかった。それはまた半面、殺人という手段で自分の存在を訴えようとした少年のぎりぎりの状況をあらわしているのだが、永山則夫における「教育」をうんぬんしようとする時、第一に「教育」という言葉そのものが崩壊するのを感じる。

そもそも教育とは、よりよき社会を支える人間を作ることをこそ目的とするものだろうが、「よりよき社会」の構造が根底から揺れ動いている場合、それに目を閉じたままの教育に、一体どれほどの意味があるか。永山則夫にとって「よりよき社会」とは、最初から不合理なものとしておいかぶさっており、ほどこされる「教育」も、そのワクをはみだすものではあり得なかった。「同校のなかで則夫ほどに、教室での印象のうすい生徒はまれであったといっていい。同級生のあいだでばかりか、担任の教師にとっても同様であった。……小・中学校の全在校中を通じて、それはつねに『おとなしくて、目立たない』というのが一貫した印象でもあった。しかし最初はともかく小学校なかばからそれは、かれの意識的な姿勢によるものだとみられる」（『殺人者の意思』）と鎌田忠良は指摘するが、永山則夫にとって教育とは、沈黙によって答える以外の何物でもありえなかったのである。

はっきりいおう。働いても働いても楽にならない人間にとって、食うことがやっとの労働者と子供にとって、いや食うことに困らない一般市民にとってさえ、現在の「教育」のあり方は、本質的に犯罪者の側に荷担するものなのだ。国家が、政府自体が巨大な搾取、公然たる殺人を是認している状況の中で、「よりよき社会」の幻想をふりまくのは、それ自体、反人間的な犯罪だろう。

永山則夫の殺人は虚偽そのものの上に成立する、「社会」「教育」の二者が引起した犯罪方程式の典型といってもよい。むろんそのようないい方で四人の殺人を弁明できはしないが、いささかも自己弁護のできない地点に立ちながら、何よりも永山則夫自身が、わが身の内部に人間のための教育とは何か、という問いを発するのである。独房に拘禁された後、彼の中に起った激しい変化の過程は、「教育」＝「犯罪」にさえなりかねない状況の中心部に、文字通りメスを突刺したといえよう。

彼の獄中ノートはそれを完全に証明しているのだが、殺人犯によって記された「私の大学」の一語一語が、何と人間的な真実に貫かれていることか。ここには、生れてから十九歳までついに正当な人間としての扱いを受けなかった少年の、真実の「教育」に対する目ざめがあり、現代社会のしくみをはっきり退廃として凝視する、コンクリートの中の鋭い視線がある。

最後にいう。『人民をわすれたカナリアたち』の切先は「知識人」を刺すと同時に、永山則夫自身にも向けられているのだ。本書にはらむ思想の激しさと重さはそこからくるのだが、不条理という言葉は恐らく彼のためにあるのだろう。

〝Kafka は、私を眠らせない〟

ある日、朝方近くに、永山則夫の記したノートである。

高橋和巳との架空対談

死後の重さ

高橋　今日はおどろいています。幽明界に去ってからほぼ三年、このような場所に、あなたから引きずりだされようとは考えてもみませんでした。……あれは何時でしたか、確か秋山駿さんとの対談のなかで、印度の極端に禁欲的なジャイナ教に触れ、大学時代、おれはジャイナ教徒だと吹聴してまわっていたのを、その折、というのは「学生という特殊な状況の中で、現実を虚無化してしまったような」そういう生活期間を差すのですが、ひとり妄想を抱きながら、死者の精神とぶつぶつ会話していた過ぎし日の苦悶を、いま改めて思い返しています。ちょうど立場が逆になってしまったのですね、多くの若者たちと……。

井上　死者と言葉をかわそうという、途方もない試みをどうか許して下さい。生前のあなたよりも、死後の高橋和巳の方が、私にとっては重い、といえば非礼になるでしょうか。事実、あなたが病身の体を削るようにして書いていた頃、私は殆どあなたの文学を重視していませんでした。発表された作品について、そのつど目を通してはいましたが、何時も空々しい感じがつきまとっていたものです。小説の主人公が歩きだすたびに付加される観念的な説明がどうにも浅薄で鼻持ちならぬものに見え、つねに、重い主題をひきずっているかに見えるあなたの苦悩自体に、何かしら見えすいたむなしさを感じていました。……

高橋　薄々気にはしていましたよ。言葉では決して相手を傷つけぬあなたでも、私の小説になると全く口をつぐんでおられたから。いや、まったくというのはいい過ぎかもしれない。あれは確か私があなたと話をかわした最後の機会でした。病気が絶望的に進行しているにもかかわらず、一瞬ともいえる小康状態の訪れを、本人自身疑いながら、一方では騙されるのを願望していたあの時期。「京都大学新聞」が例年募集する小説原稿の選者として、新宿駅ビルに隣接する〈柿伝〉の一室であなたと数時間、席を同じくしたことがあります。その折、すでに選考の基準で一致をみた余裕のせいか、新聞編集員の学生以外に他者をまじえていないという気安さもあったのでしょう、あなたは珍しく私の小説について触れてきたのです。『日本の悪霊』に登場する落合刑事の心理のあれこれについて、ほめ言葉が同時に批判になるような、あなた特有のいい方で分析しました。「どんな人間にもある矛盾が、豆の莢がはじけ豆がころげ出すように露呈する瞬間が、落合は好きだった。ねじけた快感が背筋を走り、自然に彼の頬に薄笑いが浮ぶ……」――あなたはこの一節を引いて、落合刑事の心の動きを、そういうえがき方を肯定的に認めた後、それにしても、主人公は辛いな、……といいかけたまま、盃を手にしました。そのまま黙っていてもよかったのですが、久しぶりに口にしたアルコールのせいもあって、主人公がなぜ辛いと思うのですか、と私はきいたのです。すると、あなたはにやりとして、あらゆる場面で過去の挫折とつじつまを合わせせなければならんからさとこたえました。もう少し具体的にいってくれませんか、と催促すると、あなたはこともなげに私の文章を口にしました。「なんという寒々とした稔りのない人生だったことか。それは彼のあの〈一瞬の栄光〉の後に経験した逃亡と流氓の過程でだけそうだったのではない。幼年期、少年期、そして銀行の給仕や地方新聞社の発送係をしていた時代、さらには大学時代のどこを切っても、その断面からは貧困と汚辱の漿液が流れた。……」

傍にいた京大の学生は「よくおぼえているんだなあ」と声をあげ、それから「そんな口調、きいたことがあるな、何処かで……」とつけ足しました。「映画説明か」とあなたはいいます。「弁士みたいだといいたいのでしょう、私の小説が……」私がそういうと、「冗談じゃない」と、逃げましたね。

井上　あなたの方こそ、よくおぼえている、といいたいな。でもニュアンスが少し違う。あの時、私は『日本の悪霊』の主題もストーリイも、登場人物のすべてがわかりやす過ぎるものによって支えられている。そういったのです。説明的な観念に裏打ちされているために、わかりやすいものが一層わかりやすくなって傾斜してしまう。そんなことを確か喋ったはずです。

高橋　通俗的だといいたいのでしょう。説明的な観念とは、ありきたりの通俗的な観念ということではありませんか。

井上　通俗とはいっていません。……でもこういうことはいえるかもしれない。想像の質が……つまりあなたの、高橋和巳の想像の質は、つねにある領分にとどまっていて、危険なクレバスにさらされない。平刑事である主人公と同じ九州の旧制高校出身（六高というのは間違い、誤植でしょう）の検察庁公安事務課の検事と不意に出会った時の、同郷会にでてこいという会話がそうだし、別れた後抱く印象が実に常識的過ぎることによってもそれはあらわれている。しかも随所にだ。

「一応目標としていた社会的地位も得、自己満足もできれば、例の交際というやつが人間の楽しみとなるのだろう。検察官一体の名目で、同期や同郷の検事たちはしょっちゅう酒を飲んでいると聞く。料亭に一人ずつ女をはべらせ、三味線に、とっておきの端唄を歌ってたがいに褒めあいながら。細君たちはまたたがいの衣裳を競いあって贈物をとどけあいながら……。」

回想としてこれは「悪霊」的ではない。少くとも「日本の悪霊」を追及しようとする旧制高校出身の平刑事が、「社会的地位を得た」同郷の友に抱く心象としては、月並みなものを一歩もでていない。私はそういいたいのです。

小説の主人公は、むろん作者によって創出されるものだけれども、作者と主人公の間にいささかでも隙間があると、どうしても既成の方法なり観念にしばられてしまう。今まであった現象なり常識ではなく、見えざる屈折をこそ作者はつねに表出しなければならない。そういう意味で、あなたの文学には曖昧なところ、甘さがありはしないか。私はつねづねそう考えていました。……

その曖昧さは曖昧さとして、あなたの文学が私の内部に苦渋としての重量感を持つに至るのは、死後に属します。あなたが現世を去った後、私はある観念に捉われ、高橋和巳の文学に対して、それまでに見逃したものを、もう一度徹底的に洗い直してみたいと考えたのです。すると、曖昧さと思い、作為的だと考えていた暗闇のなかに、一連の白い幕があらわれ、それまで見えなかった文字がぼんやりと浮きだし、やがてはっきりとしてきました。

高橋　鎌倉の自宅で行われた通夜の時、あなたはひとりではしゃいでいましたね。沈痛な座を幾分でもまぎらわせようとする。他の者はそう思ったでしょうが、私にはそう見えませんでした。いま、あなたは、私の文学について、まがいものだと批判されましたが、そのまがいものが死滅したことをよろこぶ感情が、恐らく通夜の席で隠しようもなかったのでしょう。

井上　それはひどい誤解だ。……

高橋　まあ待って。もう少し喋らせて下さい。あなたは通夜の席で確か、こんな作家に何時までも生きられて、次々に傑作を書かれてはおれの方がたまらん。そんな意味のことを大声でまくしたて、客たちは笑いました。同席していた真継伸彦も後日、新聞でその時の様子に触れ、あなたの声が印象的だったと書きました。あなたの演技と台詞は文字通り、あなたの意図したごとく皆に受取られたわけです。しかし、私は別の受取り方をしていました。あなたは本当にはしゃいでいる。甘ちゃん文学青年が消えたことがうれしくてたまらないのだ。待って下さい。……私は心底をいっているのですよ、あなたの。こんな作家に何時までも生きられて……うんぬんという台詞ほど見えすいたものはないでしょう。いわれた言葉を返すわけではありませんが、ひどい方ですよ、あなたは。

井上　そんなふうに受取られているなんて、考えもしなかったな。通夜の席では誰もが演技をするものだけれども、あの夜はみんな疲れていて、演技する気力さえも失われかかっていました。白々しい空気が漂いはじめたのに気づいてはいても、それを振り払おうとする努力もなされず、何かしら一般的な沈痛さのみがあなたの映像の周辺を被っていた。高橋和巳の死から招きだされる特殊の響きが今にもきこえなくなりそうな気配でした。真実の慟哭よりもむしろ文壇的な後始末というか騒々しさが、侵入しており、そして何よりも決定的だったのは、先にもいった通り、疲労のための演技力不足でした。だから私はすすんで、ピエロの役を買ってでたのです。

『散華』について

井上　……そんなことより、あなたの文学における想像力の質について、もう少し話しませんか。最初に否定的な面ばかりを強調してしまったけれども、『捨子物語』にしろ、『悲の器』にしろ、作中をよぎる鮮烈な閃光を、決して見逃しているわけではないのです。空襲で焼けだされた兄妹に、黒焦げになった石油罐の米を裾分けする男の「ポケットへも入れてゆきな」という声や、登場する人間たちをしばりつけるやりばのない情愛こそ、文学の力といえる。そう思いますよ。

高橋　混沌とした思念や感情が、あなたの好みにあうのですね、きっと。あの作品（『捨子物語』）の「あとがき」にも記した通り、私はそこから出発せざるを得ない一歩を踏みだしてしまうのですが、いわば「未完におわった別離」がわずかにせよ、あなたのこころにひっかかるのでしょう。……『散華』について、私たちの間にやりとりがあったのは何時でしたか。現に私の新しい小説について語り合うその時でさえ、『捨子物語』のことを持ち出されるので、私は不満でした。『散華』はそれ程とるに足りぬものだったでしょうか。できれば私の愛着する作品について、具体的に問題を深めて欲しいのですが……。

井上　『散華』は清潔な小説ですよ。でも、虚構の質を問題としていえば、平均点しか与えることのできない作品です。主題は明瞭に提示されている。構成もまんざらではなく、ストーリイにも無理はない。にもかかわらず、文学としての衝撃力を持ち得ない。一体何処に原因があるのか。

高橋　解説的だとおっしゃりたいのでしょう、やはり……。

井上　先廻りされては困るが、恐らくあなたと私の対立する根本の問題だと思われるので、率直にいいましょう。結論からいうと、舞台となるこの孤島に住む老人は、ある観念の影にしか過ぎないということです。とにかく生きた言葉を何ひとつ所有していない。

　むろん、そのような人間だって、小説の主人公になり得ますが、それならそのように書かなくてはならないのですね。影にしか過ぎない人間だということを読者に納得させねばならない。しかし、『散華』の主人公は、それどころか、自分が孤島に身を隠し、しかも生き永らえていることの意味を、大いに主張しています。少くとも、あなたは老人にそういう価値を与えようとしている。

　戦争中、物質よりも精神の優越を説き、散華する思想によって若者を死に導いたと自責する老人は、確かにその通りえがかれています。なぜなら老人がそのように喋るからです。しかし、喋る以外に何があるのか。この小説の設定はすべて——四国と本州をむすぶ高圧海上架線に備えて、用地買収員としてのぞむもうひとりの主人公も、学友だった新聞記者も、老人の現在保持する思想をきくために設定されているわけですが、これはいわば小説として成立する前の領域に属すべきものだといえます。

　はっきりいえば、小説ではなく、小説の骨格に過ぎないのではないのか、小説とは、『散華』に構築された各人物の生活なり、思想を土台として、まさにここから出発すべきものだ、というふうに、私は考えます。一章から二章へ、さらに次章へと、如何に物語は進展しても、つまりは干涸びた老人の講釈をきいてしまうに過ぎず、それをきく「学徒志願」の元海軍少尉、元青年の側にも、きき手に相応わしい感情しか与えられていないとすれば、これはやはり長篇或いは中篇の書割りとみた方が妥当でしょう。

高橋　ことさらにわかりにくく、屈折した構成と主題に寄り添おうとするあなたの方法というか、性癖については、よく承知しています。でも、『散華』は果して、あなたの指摘するように、小説以前の領分でしょうか。骨格と土台だけの、書割りに過ぎないものか。私はそう思いません。『散華』は老人の存在そのものを主題とした作です。老人の実存というか、思想そのものを書きたかったのだといってもかまいません。そのために必要以外のふくらましは殆ど削除しました。生活感さえもあえて犠牲にしたのです。元々私は、作中に作者の体験の「抒情的表白と、没入による追体験」を持込むことを拒否してきました。このことについては、以前にもそう書き、いまもそう考えています。

あなたと私の方法の違いは違いとして、小説以前の領分だといういい方に、どうしても納得できませんね。老人の住む孤島に出向く男の家族を、あなたのようにもう少しくねくねと詳細に書けというのですか。それとも、「今度くるときは、自分の食糧は忘れずにもってきます。それに、できれば、マッチやのこぎりも持ってきましょう」といういい方にもっといろをつけろとでもいわれるのか。中津清人（老人）の孤独にあわせた焦点をずらせといわれることに等しいような気がします。

井上　いみじくもあなたは、自分の口から弱点を露呈された。もし、あなたが『散華』で意図されたという方法にするのなら、男の家族などむしろ切り捨ててしまう方が、より効果的だったでしょう。

四章は、「ここのところ出張つづきなのね」という、「乳飲児に乳房を含ませ」た妻の言葉によってはじまるわけだけれども、主題の部分を支える場面にさえもなっていないと、私は思います。出張費を少しは残してきてくれと愚痴る「重役の娘」の文学的表現としての卑小さはしのびないものだが、もしかすると、自虐の果てを生きる老人の講演調と底のところで共通してはいないか。老人の著作だという『人間維新論』にしても、そういう時代にそういう書物があったということ以上にはでていないこともこれと関係があります。あなたもさすがに気がとがめたのか、「世界史が世界精神の合理、必然的な進行であるなどと誰がいうのか。それはただ視ることのみを知っていて、行為することを知らず、悲しむことは知っていても激怒することをしらぬ机上の空論家の倨傲にすぎないのだ」という、「ファナチックな書きだし」を紹介した後、何とか中津清人の特色を打ち出そうとして、ことさら次のような説明を加えねばならなかった。

「その論理は、挑戦的だったが、しかし、万世一系論や神秘的な国体論の著述にみられた、文脈のことさらな神秘的歪曲はなかった。」

それでもまだ物足りなかったらしく、あなたはさらに、内容の一部を明らかにした後、解釈しています。

「一般的な意志哲学から、やがて個人の超越の哲学が説かれ、つぎに死してのち生れいでよという、起死回生の哲学へとそれは進展する。」

つまり、老人の思想は、あなたの意に反して、説明しても説明しても鋭くならないばかりか、「孤島の畸人」として、戦後十七年間、自活するに足る耕地さえない場所でくらす元右翼思想家の一種の錯乱に似た状態さえあらわすことができない。
　橘孝三郎の著述でも借用した方がまだましだったのではないか、という皮肉のつづきはやめておきます。とりわけ問題なのは、そのような老人に近づいて行く、元青年の態度であり、現在の思想と感覚です。前にも述べた通り、彼は解釈するのみ。まるで作者と一体であるかのように、前にも後にも動こうとしない。どうにも身動きできなくなった末に、解釈の対立だけがエスカレートして行き、ついに老人から剣を振りかざされることになるのだが、そうでもならなければ、恐らく間が持てなかったのでしょう。

高橋　解釈ではなく、老人と大家次郎は戦後思想として決定的に対立するのです。振りかざす老人の剣はなおもむなしい波浪の響きに捉われている。あなたはそれをも解釈あるのみ、というのですか。

井上　「学徒志願」の元海軍少尉が老人に向って叫ぶ。
「いつ死んでもいいなどと傲岸なことを言える柄か。人生二十五年、年端もいかぬ若者が、人生は二十年、いや、人生は二十年と決められて、自分の死と道づれに、何十人何百人の生命を海のもくずにしようと、じっと魚雷の中にうずくまって、出撃を待っていたんだ。死刑台に立たされた人間が、不意に死刑がとりやめになったからと首にまかれた縄をはずされたら、どんな気持がするか知ってるか？　おれたちは国家に生命を左右する権利まで供託した覚えはない。……聞いてるのか」……こういう気恥ずかしいような台詞が解説以上のものかどうか、むしろそれをききたいな。老人を責めるのではなく、そんな言葉は自分に対して向けられてこそ、はじめて何らかの力を持ち得る。

高橋　主人公の論理や行動が整然としていること自体に、あなたは反撥するようですね。老人に対決する大家の思想が過不足なく書かれているからといって、無下にそれを拒けてよいものでしょうか。小説は現実とは異なる。わかり切ったことをあえていうのは、あなたが一篇の作品に対して相反することを同時に要求しているからです。あなたのように「解説」という言葉を強調するなら、恐らく現代文学の大半は解説的なものになるのではありませんか。主人公の台詞から整理された部分だけを摘出して、力を持ち得ないといわれても納得できない。小説に登場する人間は如何なる場合も、論理から外れたところでものをいい、或いは行動すると、決めておられるようだ。「自分がある想念を懐いているというよりは、想念の側が自分をひきずる」。以前、私は小説を書くに至る自己の過程について、そんなふうにいった覚えがありますが、そのような主人公に対して、あなたは決定的に同情が足りない。そうではありませんか。混沌たる心理もよいでしょうが、想念の重さにうちひしがれて苦悩する人間もいるのですよ。

「解体」とは何か

井上　苦悩する人間は何よりも自己の矛盾にきびしくなければならない。想念の重さは何かを求めようとするからこそ、それに捉われるもので、重さのための重さというのは、本来あり得ない。

高橋　重さのための重さ。……何をいおうとしているのかな。

井上　あなたの小説が……方法といってもよいが、ともすれば重さのための重さに傾きがちになる。それをいうのです。想念の重さを偏愛すると、バランスを失うので、当然作者は反対の方向に危険な錘を垂らさねばならないことになる。

高橋　私がどういう危険な錘を垂らしたというのですか。

井上　去年の五月、死後二年になるあなたを偲んでの集りが山ノ上ホテルで行われた際、指名された私はおよそ次のようなことを述べました。高橋和巳の文学は苦悩そのものによって支えられているが、彼自身はついに最後まで内部矛盾としての「壇」を克服することができなかった。「壇」とは即ち、文壇であり、大学の壇であり、革命（大学闘争）の壇である。彼の書いた人間は壇との格闘にそれこそ身を刻まれるが、作者である彼自身は、つねに一歩を余していた。

高橋　作中の人物と、作者である私の思想なり生き方が矛盾するといわれるのですか。

井上　端的にききますが、あなたはなぜ京都大学助教授となったのですか。

高橋　なぜか、と問われれば、恩師の要請を断わりきれなかった、と答えるしかありませんが、勿論、あなたの提出されている問題の質が、そこにないことは承知しています。……今となって考えると、学問というか、真理追求の場ということについて、或いはそのことと文学の関係について、私自身に充分はかることのできない不分明さがあり、一方にはまた、従来の作家に、日本の現代作家のおよそに欠落している論理的な内面を、与えられた場所で充実させたいという気持もおさえがたくありました。

井上　しかし、結果として……。

高橋　そう、結果として、大学は私自身を追いつめる場所になってしまった。生きながら死に絶えている思想を検証する場所と化したといってもいいでしょう。手術室と解剖室の境界に私は何時も横たわっていた。いや、殴り倒されたといってもよい。京大紛争の渦中、構内や街頭で、学生たちや私の読者だという女性に殆ど解答不可能な設問を課せられながら、そこに追いつめざるを得ない私自身の構図を操作しているような按配でした。

井上　そんなふうにいってしまわれると、私としては困るのですよ。私はそういうあなたの「構図」のありようを問題にしているのだから。「わが解体」のなかで、あなたは書いていますね。

「その構図とは、その身の非力ゆえに抗争を思想的な高みに押しあげえず、やがて〈暴力〉排除の名目のもとに、全体としては思想の行動的表現全体に圧力のかかる、しかし現象的には単純な腕力沙汰と映る局面で教師という立場ゆえに、傍観の場にはじき出され、しかもその傍観を、同じく（中略）なじられ詰問されるという構図である。」

このような文脈というか、表現のなかに、私などは、「わが解体」などではなく、「わが累積」をみてしまうのです。負を負に掛けることによって逆の効果を得る、初等数学の方法さえも感じられるというのは、いい過ぎかもしれないけれども、内ゲバの論理とまったく同じ平面上に並べられた文字に過ぎない。「解体」の書とは、傍観者の不在証明ではないはずですよ。苦悩と思想とは違うし、解体の向うには死が蹲っていなければならない。

高橋　あなたは一体、自分の立場を何処においているのですか。「わが累積」といわれようと、傍観者の不在証明といわれようと、それは自由ですが、そういう批判の根拠をまず明示してもらいたいな。……文章の余韻が気に入らないからといって、内容を勝手に截断してしまうのは、未熟な革命主義者のえてして陥る落し穴です。ひとりの作家として、また中国文学を専攻する者として、「わが解体」

を宣言したのはよくよくの状況がそこに介在しています。恐らくあなたにとって、この宣言もまた解説にすぎないのでしょう。極力抑制した叫び声に連なる悲痛な人間的感情と肉体的な破産さえも、あなたは冷然と、アリバイ作りだと疑ってしまう。事件が発生した時、自分はかかる理由でそこにいなかった。或いは犯罪が行われた時間、その時間を決して共有できない場所に自分はいた。それはかくかくの理由で証明できる。アリバイとはそういうものですが、私になぜそれが必要なのか。自分はそれを見た。自分はその場所にいた。自分は問われて答えられなかった。それこそが、それのみが。……わが解体には記されているのです。それをあなたは傍観者のアリバイだという。なぜですか。……解体の向うには死が蹲っていなければならない。もっともらしい言葉だ。しかしあなたは、実際にその問いに触れたことがあるのですか。蹲っている死を刻々感じながら、自己における変革の意味を、問いつめたことがありますか。

井上　私は「わが解体」の質を、文学として問うているのです。苦悩という文字は限りなく連なっている。文学としてみれば「解体」の本質はそんなに戦慄的なものではない。……たとえば、これを書いた人間、つまりあなた自身を主人公として、あなたは小説を書く自信がありますか。これまであなたがえがいてきた作中の人物と比較して、この京大助教授はどれだけの自己を主張できるでしょうか。

村瀬狷輔（『日本の悪霊』の登場人物）とくらべてどうなのか。青木隆造（『堕落』の主人公）における「内部の暗い奥所」を「まず自らの肉を斬っているはずのもの」だとする自己告発者はどんな手つきで操るのか。書かれた人間より、それを作りだした人間の手つきがすけてみえるという皮肉で寄妙な均衡について、あなたは考える必要がありましょう。

小説『わが解体』の主人公は、あなたの創出した人物の誰よりも基本的に脆弱であるといえば、私のいい分が……

高橋　殆ど信じられないような論理を、あなたは展開するのですね。これはおどろきました。あなたの説によると、作者と作中人物の関係はまったく新しい次元におかれることになる。……その伝で行くと、あなたの場合はどうなりますか。『岸壁派の青春』の当事者は、『心優しき叛逆者たち』や『胸の木槌にしたがえ』の登場人物とどのように釣合うのかな。

井上　『虚構伝』を生きる青年は小説らしきものを書こうとしていますが、まだ処女作（『書かれざる一章』）さえも発表していないのですよ。

高橋　それが何だというのです。『わが解体』に文学の質を問うのなら、『虚構伝』にも、同じように問うべきでしょう。

井上　問題の立て方が違う。

高橋　なぜ違うのですか。あなたの早すぎる自叙伝と、私の遅すぎた壊滅の中間に、どのような落差があるというのですか。エゴイズムの質も同種だ。

井上　極端ないい方をしないでくれ。あなたと私のエゴイズムの質が同種のはずもない。

高橋　あなたと私の、文学におけるエゴイズムを何処で区分けするのですか。……

井上　あなたは自己の解体をうったえ、私は最初から終りまで解体しないし、できない。エゴイズムの区分けというなら、それが篩《ふるい》でしょう。

高橋　私はいま、ようやく知りました。あなたの文学と通じあわぬエゴイズムの不幸をです。むろん、そのエゴイズムは私に属するものですが、これ程の溝があなたとの間に横たわっていようとは、今日、ここにくるまで考えもしなかったことです。……しかし、思えばその兆候がなかったとはいえません。あなたは終始「人間として」の発刊に反対していたし、口を開けば、私たち同人を文壇的だとなじりましたね。

井上　私は今日、生前ではなく死後、あなたの文学が問いかける意味について語るつもりでした。話の方向が途中で屈折したのは残念ですが、その思いは今となっても変りません。作家の死後、書かれた作品の重量が増すというのは、すばらしいことで、その作家が時代を如何に真摯に生きたかということのあかしでもあるわけです。だからこそあなたの文学に対する激しい批判にならざるを得ない、ともいえる。……生きていても死んでも、文学に妥協はないし、あなたとの対立もそれはそれとして諒解して下さい。もう少し時間があれば、ソルジェニーツィンの問題などについても、あなたの考えをききたかったのですが。

高橋　同時代の文学に対して、いや他人といわず私の文学といってもよいのですが、あなたの視線がこれほど冷たいとは思いませんでしたよ、実のところ。……私の方からあなたを呼びだせないのがくやしいな。その時、あなたとあなたの文学がどのように語られるか。早くそれをききたいものです。

埴谷雄高氏と私

切支丹布教と弾圧、さらに隠れという屈折した三重構造の歴史によって、平戸には教会と寺が絡みあうように存立しているが、毎年初夏の季節に入ると、一段ずつせり上がる墓地に、あらゆる種類の蝶が乱舞する。

埴谷さんに関連した何かに触れる時、私は決まってその情景を思い浮かべる。北海道積丹《シャコタン》半島の海辺で、人が近づいても飛び立とうとせぬ胴体の太い鴉の群れに遭遇した折りも、埴谷的風景だなと考えながら、一方ではやはり平戸の長い坂道と塀を脳裡によみがえらせていた。

ネチャーエフにあてたバクーニンの手紙をここに引き出してもよい。本物から偽物まで自称他称の革命主義者はごまんとおり、憎悪と粛清のみを目的とするかのような行為を繰返しているが、つねに人民同胞団に参加する構成員の平等を主張し、各人の個人的理性と共同の情熱を説きつづける男はひとりである。

素人臭い大根役者のもてはやされる時代、地下の劇場で劇中劇のパントマイムを演ずることのできる俳優は、次第に残り少くなってしまった。彼は少数派の観客を奪いつづけており、そのために下足番の嫉妬にまでさらされている始末だ。

新宿西口でひと口トンカツ店を経営するAは、行きつけの居酒屋で自己の特殊な交遊を誇示しようとして、埴谷さんを奈良の高僧だと吹聴した。末寺のひとつを四億円で売り、その一部で東京にマンションを買い、身のまわりを世話する女性を求めておられる、うんぬん。しかしすぐにもばれるはずのフィクションは容易に、そして最後まで崩れなかった。うっとりした女たちはAの話をまったく信用してしまったのだ。

タンカーの船医にして、竹内好さんの友人でもあるBは、永年つきあいのあった上方デパートの売子が、何時の間にか自分を離れていることに気づいた。埴谷さんとたまたま席を同じくしたためである。後日、船医が女の不実をなじると、返ってきた言葉に一層やりきれないものを感じた。

「あの晩、埴谷さんは車から降りるとすぐ、電柱の蔭にしゃがみこまれよった。あんた気づいていやはらせんけど、Uターンしたヘッドライトに映されたんやね。それまできつうてならんのを、よう辛抱してはったかと思うと、ほんまに心の優しい人やなあと……感じてしもうたんやわ」

過日、竹内好さん宅で、超能力の実演をやり、私は竹内家で最も硬いスプーンを折り曲げて見せた。だが、同席した埴谷さんにオカルトのネタ一切を看破されていたとは。私を看破することによってえた念力を、その後埴谷さんは浜松の藤枝静男さん宅で披露し、戦後派文学者たちと、中島和夫さんに舌をまかせたという。

数年前、『闇のなかの黒い馬』を読んだ直後、私は気安さの余り、埴谷さんに、「主人公を蒸気船の後甲板なんかに立たせたりしないで、時にはマーケットで佃煮でも買わせたらどうですか」と、いった。その瞬間、柔和な表情に一閃した怒りを私は忘れることができない。忽ち不断の状態に戻った埴谷さんの性欲論が滑らかなものであっただけに、なおさら。

恐らく『死霊』は完成されないであろう。なぜなら『死霊』の目差す未来には、どのような方法を以てしても、果すことのできない時間を内包しているからである。それはそれでいいし、それこそが本質的に『死霊』的であるのかもしれない。

やがて、埴谷さんも私も死ぬ。その時、互いに葬儀委員長の責めを果すことを約束しているが、もしかすると埴谷さんに難儀がかかるかもしれないことを私は恐れる。何となくそういう気がするのだ。もし私が倒れない場合でも、どうか私の委員長に異議のでない時期まで、埴谷さんには生きてもらいたい。

顔

過日、椎名麟三氏の一周忌で、私はただ一度の語り合いについて喋った。下高井戸に住んでおられた椎名さんの生前、私は桜上水の団地にいて、自転車散歩の途中、それまで幾度か顔をあわせていながら、何となく目礼だけで、すませていたのである。しかし、その日はあまりばったり出合ってしまったので双方動きがとれなかったのだ。

駅近くの喫茶店「花」で、私たちはテーブルを挟んだが、さて、どんな言葉をかわしてよいのか、皆目見当がつかなかった。椎名さんの文学については、処女作以来ずっと深い関心を持ちつづけており、人間の自由を求める真摯な姿勢にうたれていたのだが、それだけにかえってまごついたのである。キリスト教への道を歩まれるようになって以来、何となく書かれるものに違和感をおぼえていたことも、一層話しにくい感じになった。

椎名さんの方でも何となく間がもてなかったのだろう。突然、顔を上げられると、「流行歌手では誰が好きですか」と問われた。

「は、都はるみが好きです」と、私は考える間もなく返答しながら、ああもうちょっと無名の魅力を持つ新人の方がよかったかな、と考えたりしていた。

「あなたは宗教に関心がありますか」

「全然ありません」と私は答えた。何と味気のないいい方をしたものか、とこれもまた忽ち後悔したが、そういう感情が椎名さんにも通じたらしく、何かしきりに私をねぎらう言葉を探されているような按配であった。そして、三番目に口をついてでたのが、「あなたはよく女の人と一緒に歩いていますね」であった。

むろん、それは椎名さんの私に対する精一杯の愛想に違いないのだけれども、私はどぎまぎし、「どうもすみません」と謝ってしまった。すると、かえって椎名さんの方が慌てられたらしく、「あなたは「あなたは実に独特の顔をしているからいろんな人から好きになられるのでしょうね」といわれた。そしてまたも私は頓馬な返事をしてしまったのだ。「いえ、それは椎名さんの方が……」


独特の顔とは何か。話がそこにきたのでいうのだが、椎名さんの重い表情を含めて、所謂戦後派に属する作家、評論家の容貌は、少し形のよすぎるものによって支えられていはしないか。そこに戦後文学の致命的な弱点が胚胎するというのが、あれこれを見聞したあげく、到達した私の理論的な確信である。

埴谷雄高、平野謙、本多秋五、佐々木基一、野間宏、福永武彦、中村真一郎、武田泰淳（順不同）……こんなふうに並べてみると、いずれの面々も決定的な美貌の持主である上に、個性的なスタイルと誠実さに裏付けされていることが判明する。しかも驚くべきは、戦後数十年間に及んで、変りなき友情が保持されているのだ。

性急にいってしまうと、諸先輩はあまりにも美貌、或いは風格の所有者である故に、自ら行いをつつしむほかはなく、女性を傷つけず、また裏切られもせず、醜艶聞からみごとに免れる今日の位置を獲得されたのである。つまり夫人以外の愛婦を同伴するにはあまりに目立ち過ぎるのだ。

しかし私はひそかに思う。およそ耽溺を知らず、深夜約束した場所にあらわれぬ女性に対する無念やるかたなき嫉妬を経験しない者に、果して真実の文学を創立するエネルギーと、腑分《ふわけ》する鋭さをたくわえられるであろうか。ひびの入らぬ友情というのも、私にはかえって歴史に反し、思想への徹底性を欠くように見える。

試みにひとまわり下の文学世代である「現代批評」の同人たちの顔ぶれを並べてみると、そのことは一層明瞭になろう。

佐古純一郎、橋川文三、島尾敏雄、吉本隆明、奥野健男、武井昭夫、清岡卓行、井上光晴（順不同）……

面々を凝視するまでもなく、目鼻立ちはいずれもでこぼこ、スタイルも何処となくあかぬけせず、戦後派の秀麗さとはむろん比較すべくもない。友情に関しては知られる通り、思想的にも文学的にも、はたまた感情的にも四分五裂、互いにあいつがいちばんわるいと考えている位だ。

しかし、それこそが真実の意味における歴史的姿勢であり、文学的泥臭さなのである。

戦後派が如何に美貌に災いされたか。具体的作品（批評）に即して語ればはっきりするのだが……

モスクワのカレーライス

平野謙さんについては随分たくさん語ることがあるような気もして、いろいろ試みたが、どうもうまくいかない。恐らく何処かでまだよく思われたいという感情がつきまとっているせいであろう。

昭和二十五年に発表した処女作『書かれざる一章』に対する懇切丁寧な批評〈職業革命家の問題〉を受けて以来、私は発表した小説について、殆ど欠かさず、平野さんにいわば身を入れて読んでいただいた。

一本にまとまった『文藝時評』をひもといてみると、そのことは直ちに立証できるのだが、改めてお礼を申し上げたい。ひとりの作家として、どのような仕事をしても必ず是非を論じて貰う批評家を持つことの好運のなかに、私は最初からひたっていたわけだが、実作と批評の関係、それには日常の感覚と藝術の問題などを重ねて論ずると話がこみ入ってくるので、今日はドライなエピソードをひとつ紹介したい。

一九六六年秋、ソヴェート作家同盟の招待を受けて私は小沢信男とともにモスクワに滞在していた。同じ招待を受けた平野さんと本多秋五さんと同行するはずであったが、何かの行き違いでわれわれは一船遅れて出発したのである。

レニングラードから戻ってきた平野さん、本多さんと私はやがてモスクワのウクライナ・ホテルで会うことになったのだが、その折り、開口一番、平野さんは「カレーライスを食べたいな」と注文された。

これにはわけがあって、モスクワに出立する一カ月ばかり前、何かの会合で平野さんと一緒になった折り、モスクワ案内なら自分にまかせてくれ、クレムリン河畔に浮かぶレストラン船からロシヤ漫才まで、何ひとつ可ならざるはなし、と自慢する私に対して、その節はという約束になっていたのである。

つまり、そこには私のモスクワ親密度を試したい気持と、連日のソヴェート料理にうんざりした切なさが微妙に混交していた。私としても後にはひけず、「カレーライスですか。なるほど……よろしい、早速準備しましょう」と応じた。

モスクワ駐在の特派員に頼めば何とかなるという心づもりもあったのだ。ところが実際に親しい記者の順から交渉してみると、豆腐の味噌汁位なら作れるが、大使館にでも頼まなければ無理だというおしなべての答えが返ってきた。強いて作ろうとすればロンドンに電話するより方法はないとのこと。大使館に行く気にもなれないので、私ははたと困った。あれだけ大口を叩いた手前、できませんでは何とも立つ瀬がないのである。今更、味噌汁にしてくれというわけにもいかず、思いあまってS嬢に相談してみた。日本から初めてモスクワの出版社に勤めた美人である。

S嬢はあっさりと努力してみましょうといい、その日のうちに、カレーライスをこしらえたのでどうぞ食べにきて下さいという連絡が入った。確かスターリンの甥が住んでいるという同じアパートであった。

夕刻に近づく前、私はさりげない口調で「カレーライス食べに行きましょう」と平野さんに告げた。

「え、カレーライス。今日はカレーライスの気分じゃないな。何処かうまい生粋のロシヤ料理はないかね」

平野さんのけろりとした返事をきいて、私は逆上したが、ここが我慢のしどころと、胸をおさえた。

「そうですか。折角用意したんですがね。……矢張りロシヤ料理にしますか」

「うまいところを頼むよ。ここしばらくろくなものを食ってないんでね」

私はS嬢に電話をかけ、折角のカレーライスが無駄になったことを詫び、そのかわり特上のロシヤ料理をご馳走するから、モスクワ随一の料理店に案内してくれるように懇願した。

そういう屈折を経て、平野・本多・小沢・S嬢、それに私の一行は目差す料理店に到着した。ところがテーブル待ちの客が戸外にずらっと並んでいるのだ。夜に入ったモスクワの寒気はいよいよきびしく、時折り粉雪がちらつく。むろん国営なので料理店の側では客のスムーズな入れ替えなど考えもせず、行列は遅々として進まない。それでも待っているのが所謂ロシヤ式なのだ。

ためらいもなく列の後尾についた平野・本多両氏にあきれて、私はS嬢を連れて料理店と交渉した。つまり遠来の客であるからとにかく中に入れろといったのだ。「みんな並んでいるんだからわるいよ」と交々いう平野・本多両氏の言葉もきき入れぬまま、この辺に戦後文学の欠陥があるんだなあ、と一方では考えながら。

招待状をちらつかせながら、強引な割込みについに折れた店長は要人用だと思われるテーブルに案内した。特級の料理が次々と運ばれ、一行はしごく満足なようであったが、私は深い碗にもられた味噌汁に似たシチューをどうして始末すべきか目を白黒させていた。店長が申しでた特製の料理を、特別扱いして貰った手前断わりきれなかったのだ。脳みそ。何の脳みそかはあえて記すまい。

その晩、ウクライナ・ホテルでのトランプ占いについては別の機会に書こう。私の大サービスに対して、「井上の占いは絶対に当らない」という不当な評価を以て答え、それをひろめたのは平野さんだけである。

日本から持参したとっておきのリンゴをだすと、平野さんはにべもなく、「いらないよ」と答え、本多さんはたしなめるように口を添えた。

「ロシヤじゃめずらしいんだよ、こんなリンゴ。いまに食べたくなるはずだがね。……」

大場康二郎

大場康二郎は、詩人としてしか生きられぬ男であった。結核と肝臓、気管支炎のために戦後の大半を病床で過ごしたが、京王線百草《もぐさ》園近くの古びた木造都営住宅の庭はコスモスが咲き乱れ、スターリンに魂を売った作家たちに歯ぎしりしながら、数多く未完の抒情を残して果てた。こんなふうに書くより、飲んだくれの怠け者でしょっちゅう顫える心を抱いていたという方がよほど彼自身に近いのかもしれぬが、やはりそれは上辺だけのことだったろう。

一九七四年九月十一日、五十五歳。かけがえのない友人の青ざめた死顔には、自身のカラマーゾフを求めつづけた苦渋が浮きでており、綿をつめた唇は今なお優しい言葉を含んでいるかのようにみえた。

「詩と党とパンを求めて、戦争と闘った或る青春像」

これは去る七三年二月一日、奇しくも康二郎と同根の病気（肝臓腫瘍）にかかり、同じ年で死んだ詩人、大野曾根次郎の遺稿を整理中に発見された、三分冊の書簡集に附されたタイトルである。差出人は「やす」。どういう形でか出版するため、大野自身それを清書していたことは後日判明した。

康二郎と曾根次郎とは大阪外語の同窓であり、「書簡の内容は文学芸術とくに戦中詩のことが多く語られこれが高い批判力をもっていた」と、大野曾根次郎遺稿詩集に附した解説に、綿米次郎氏は記している。

話を順序だてると、一九七四年九月、三重県鈴鹿市三重詩話会より刊行された『大野曾根次郎詩集』の巻末に、「一抵抗詩人の手紙」と傍題をつけて、一九四六年八月と九月、「やす」より「そねドノ」宛にだされた手紙三通が収録されているのだ。遺稿の編集に当った人々が「ふさわしいとの結論をもった」末の配慮である。

一九四八年、佐世保より転出して日本共産党九州地方委員会常任となった私は、福岡地区委員会に所属する常任として凄絶な生活をおくる彼と出会うことになるのだが、「そねドノ」への手紙が書かれた頃は、日共に入党して間もなくの頃であったと思える。それでも「無事デ生キテオッテマタ会ルワケダ」という曾根次郎との再会を歓喜する文には「就職スル気ガアリ、九州デヨケレバ希望分野ヲ云ッテ来テホシイ。炭鉱ナラ何時デモ世話デキル」などの文句が見え、末尾にはやや誇らしげに「自分ノ勤務先ハ、福岡市上名島町五二日共福岡地方（当時）委員会」と記されている。

一九一九年（大正八年）一月生れの大場康二郎は、この年二十七歳。大阪外語露語科を終えて同盟通信に勤務、一九四三年（昭和十八年）に美也子夫人と結婚しており、すでに娘二人が生れていた。

痔瘻の手術で九大医学部友田外科に入院中の彼からだされた手紙は、激動期の渦中にいて、自己の生き方と表現とにかかわる真実への渇望が喘ぐように迸っている。

〈親戚ノモノガ水城ノウチへ食料ヲトリニカエリ、手紙ヲモッテ来テクレタ。熱ガ七度五分バカリアリ、下剤モカケテオルガ、アスノアサハ手術——マタ一週間ハ天井ヲムイタキリナノデコノ返事ヲカク。（略）

ワレワレノ辛ク苦シク零小ナ生命、コノ死ニ損イノ生命ガ人類ヲ圧倒シ嶄然トソビエルカ、石コロデ終ルカハワレワレガポエムヲツクルカドウカデキマッテクル……モチロン社会ニハ県知事ヤエンジニヤーヤ、オ百姓ガ要ル。ソレラハ何ンノタメニ生キテオルカ。ワレワレノ一行ノポエムノタメデアル。モチロン子供タチヲ死ナセタクナイノデ稼グ——ポエムガ出来ヌ——シカシソレデ仕方ガナイ。コムニストトシテ闘エバヨイトイウダケデハナイ。ワレワレハモット大キナ深イエベレストカラ、タスカローラマデノ身長ヲモチウル。ワレワレガポエムスルトキニ兄ガイウヨウニ大東亜戦ハ日本帝国主義戦争デ軍閥ニダマサレテキタトイウノハ社会的ナ政治的ナ答案デアッテモ、人間ノ生トシテノポエムノ回答ニハ決シテナラナイノダ。獄中ニアリ、マタ田舎ニアリテ蹶起ヲ伺ッテイタモノト、ボルネオノ孤島デ戦車ニ油サシタモノトノ生活感情ガオンナジニナリ得ルナラ、世界ハトウノムカシ社会主義ニナッテモイヨウガ、マタ小説モ恋愛トラブルモナカッタロウ。「コノドス黒イ雲ト泥トオビタダシク流サレタ青年ノ血ニツイテ考エネバナラヌ」トイウ一行ハ終戦以来本ヤニウズタカク積マレテオル数百数千種ノ雑誌ノドコニモカイテナイノダ。コノ一行ハ100ノポエム？　ヨリオレノ心臓ヲツキ刺スノダ。ソレヲ理論デワリ切ッタトコロニコムニズムハアルガ文学ハナク、人間ノ生命ハナイ、兄ガ書イテ書キマクッテ、散文デアレポエムデアレ紙ノ上デ格闘スルトキ出テ来タモノガホントウノコタエデアルコトハ云ウ必要モナイ。

人間ノ愚劣サヲ嚙ミシメ人間ノ美シサヲミツメテユクコトヲポエムデヤロウデハナイカ。シカモポエムハ別トシテ実生活ノ飯ヲクッタリ、クソヲタレタリスルアイダノ詩人ノ人ト異ル美シサニ自分ハ脱帽スルノデアル。詩人デアルヨリ坊主デアッタリスル自分ハコムニストニナッタガ、ヤハリソノ三ツノドレガ欠ケテモ生キラレヌヨウニ、ソノウチノドノヒトツニモ徹底スルコトガデキヌ。……〉

日共九州地方委員会で、出版と財政を担当することになった私の部署に、他の常任とともに大場康二郎も配属されてきた。彼との交友はそこから始まるのだが、党生活の激務に反して、収入零（或いは雀の涙）という人間のくらしとも見えぬ日々のなかで、四合瓶の焼酎を前に、文学を論ずる夜こそ、何にもまして互いに解放を感ずるひと時であった。

それとても美也子夫人のハーフコートの化けた焼酎であり、売る物の見当らぬ日は四歳のユカちゃん（康二郎の長女）を走らせるのだ。子供に弱い闇屋の気持を存分に利用したのである。

酔いが廻ると彼は自作の詩を読み上げ、私はアリランやトラジを歌った。彼の部屋はちょうど福岡地区委事務所を階下にしたアパートの二階にあり、飯時になるときまって水道が止まった。階下の人たちが一斉に水を使うので、水圧が下がるのだ。

あるかなしかの常任費はそれこそ配給を受ける代にも足りなかった。独り者の私は方々に顔を突込んで何とか食いつなげても、家族持ちはどうしようもない。それでも、切符代さえ自前で、筑豊の会合へ出かけた。

その頃、ボタ山の見える炭住の一隅で地下足袋の配給をめぐる親分との駈引きに三日もねばりながら、彼は『コーカサスの山羊』と題する詩を、赤いセンカ紙に書き綴っていた。

ぐいと
えぐりとられた
絶壁
雪におおわれたピラミッドのむこうにたかく
玻璃板の蒼空がのぞき
ぬぐわれたというより
いまだかつてにんげんの
いやらしい体臭でよごされたことのない
清冽な空間

谷間をゆるやかに霧はながれる
おともたてず

ひいらぎの森をゴロゴロ石の斜面を
しゅんかん　おおいつくして
霧がながれてゆく

霧はあたたかいははの乳房
すべてのくるしみとなげきとを
やわらかくつつみとかしてながれてゆく（冒頭の節）

一九四九年秋、彼と家族はついに誰にも行方を告げぬまま、福岡を脱出した。日共の常任生活を自ら放棄したのである。配給さえ取らぬくらしの中で壊滅するより、妻と幼い娘二人だけでも生かす道を選んだのだ。

ひっそりと高槻市に移住する迄の前後の経過を、私だけは知っていたが、党機関の追及に対してむろん頭を振りつづけた。それから三年、就職を日共に妨害された彼は、さらに上京して、食いつなぐために翻訳の下請けを業とする。

一九五二年二月四日の朝六時、風井文夫さま、草間安吉より、と記した手紙は、その頃佐世保基地に居住して、党内闘争を主題とした小説に悪戦苦闘する私の手許に届いた。

クロフツの『ボート殺人事件』を一枚五十円で引受けたとあり、「よろしい世間がオレにそれを要求するなら、その要求に応じ切れなければ生きられないとすれば、それを引受けましょう」と、笛のような字体でそれは綴られていた。

その手紙をみた一カ月後、私は上京し、何年ぶりかで彼に会った。「中央公論」に発表した小説『夜』の原稿料を糧にして、彼を見舞おうとしたのである。お前の寝泊りする位の部屋はある、という便りもきていて、浮いた旅館代を飲み代にかえればすむと考えたのだ。

東京駅頭、寒風吹き通るホームに、彼はワイシャツ一枚の姿でいた。怪訝な顔をする私を両手をひろげて近寄ってきた彼は、開口一番「ああ、よかった」といった。

「あんまり冷たいので、帰りの電車賃も飲んでしもうた。お前があらわれんとどうしようかと思うとったよ」

目蒲線武蔵新田駅前の、果物店裏の倉庫を借りて住むそこに、リンゴ箱を積み重ねて私のベッド（?）がしつらえてあり、四人の家族は一枚敷きの蒲団と毛布に方々から足を入れて寝る構えになっていた。

一九五六年秋

もう少し声を低くしてものをいえと、中野さんからずっと叱られつづけているような気がする。一九四九年、佐世保にきた中野重治を囲む会合で、これみよがしに坂口安吾の『堕落論』を批判した時、なぜそんなに型にはまったもののいい方をするのだ、とたしなめられたのを手始めとして、一九五一年、福岡で開催された宮本百合子祭のあと、大西巨人の住む友泉亭地区におけるささやかな宴席では、どうしてそんなに高い声をだすのかと真顔でたしなめられた。

高いのは地声だ。しかし恐らく声だけのことを難じられたのではあるまい。昂ぶった口調にまといつく自己主張のきな臭さが、中野さんの神経を逆なでしたのであろう。

私の処女作『書かれざる一章』（「新日本文学」五〇年七月号）に対する日共臨時中央指導部の誹謗（＝党活動方針・六〇号＝「明らかに党の権威と信用を大衆の面前において失墜させる効果しかもたない分派的作品」）を前において、中野重治は「あらゆる九官鳥のさえずりの親元がこれだったことは知られている」と書いた。

恐らくその時、中野さんの耳奥には「瘤癖な射程距離零の声」（私の小説集につけられた推薦文）が払いようもなくこびりついていたに違いないのだ。先の文章はつづいている。
「彼らは、『党の権威を……失墜させる分派的作品』だといってさえずっただけでなく、それ以上にも以下にも一と口も文学としてこの作にふれなかったことでいっそう九官鳥だったのだ。いったいこの作のどこが日本共産『党の権威と信用を大衆の面前において失墜させる』のか。また日共は、そもそも何ものによってもその権威、信用を失墜させられぬものだったのではないのか。」

戦後文学のなかで、心に残る十篇をあげよ、と問われるなら、躊躇なく私はそのひとつに『萩のもんかきや』をあげる。萩の町にやってきた主人公は「年五十にも」なっており、私自身、その年月を自分のことにしてみて、発表当時に得た読者の印象とは別の感慨を持つのだが、一九五六年秋の日記をめくると、むきだしの読後感想を最早修正しようもない。

五六年といえば、佐世保から私の上京した年であり、前述した『書かれざる一章』の表題を冠した第一創作集は、この年の八月に刊行されている。

〈高い鼻すじの若い女。女は抱き茗荷《みようが》のもんを一心に描いている。抱き茗荷は色鍋島の紋だ。先代から終戦時までやきものの糸底には必ずそれが記されている。……とにかく女はおそろしく細い筆の穂先で、突つくようにしながらそれを描いている。「もんかきや」木の小さい板に、仮名でそう書いて打ちつけてある。その板の下に、「たてに並べて打ちつけてある。『戦死者の家』と漢字を入れて書いて『もんかきや』より大分ちいさい。」

きっとこれは作者が実際に経験した話なのであろう。もしかすると「もんかきや」の看板と「戦死者の家」の板切れは他の場所で見て、店先で裁縫などをする鼻の高い美人と二つ合わせたものかもしれない。しかしとにかく後家さんらしい女の「みすみすおろし金でおろされて行くよう」なたたずまいと、そこから窺えるくらしぶりに中野重治は心ひかれたのだ。

それまで土産を持って帰ったことのない娘のために、夏蜜柑の砂糖漬を買う場面もいい。包装料を受けとらぬ菓子屋の上《かみ》さんもいい。つっけんどんに扱わぬ郵便局員もいいし、持って帰ろうと、気の変る主人公の気持も納得できる。

紋一ついくらというんだろう、という主人公の心情はそのまま読み手に伝わる。淡路洲本の記憶も自然だ。「砂糖の膜のなかに、美しく黄色が沈んでいる」砂糖漬の描写は、それこそ中野重治のものである。

蛇足はむしろ、前の方にでてくる。「いちばん大きい保守政党の国会議員で、党内でも一通りのちゃきちゃき」だという家のところへでた時の、主人公の思い入れはいっそない方がよい。「一通りの悪党」「サンフランシスコ条約」「和解と寛大の何とかだとかいってるばりばりの先生が、実のところ吉田松陰なども利用してやってきてるのだナ……」となると、これはもうわかり過ぎることの向う側にでてしまう。それで「私の村」のお祭がでてきても、もうひとつ心にこもっていかないのだ。

ともあれ、日本人ばなれのした鼻を持つ若い女の哀れさは胸にしみる。「つらいものに見えてくる」。「もんかきや」について――「言い方が古いだけ、その分量だけ逆にあたらしい辛さがそこからひびいてくるようにも思う」この説明が蛇足なのか否かは不明。……〉

『萩のもんかきや』は、中野さんが五十四歳の時に発表されている。とすると、主人公との間に四歳の開きがあるわけだが、この四年のずれも私などには大いに刺戟になる。四年のあいだ、その題材を放さずあたためていたのだという推測と、虚構としてのもんかきやが生成されて行く過程に私自身の敵愾心に似た思いが湧くのだ。

それ程うぬぼれているつもりもないのだが、ついこんなふうに書いてしまわねばならぬ筆の滑り方に、中野さんへの私の気持と顔をしかめられる声の甲高さがあるのかもしれぬ。

「文学伝習所」のこと

1

三年前の初夏、旭川の友達二人と、佐世保港外の崎戸廃鉱をたずねた時、それまでとはまるで様相の異なる情景に私は接した。閉山の折り、打ち毀した炭住や共同便所の瓦礫に被われていた二坑の鼻には一面に野薔薇が咲き乱れ、少年の頃私の住んでいた納屋跡は、赤茶けた蝮の蛇園と化していたのである。

水のでない崎戸には元々蝮など一匹もいなかったのだ。志々伎を望む海原のすばらしさに嘆声をあげる友人に、戦時中のそれどころではなかった坑夫の生活を話しながら、私は胸のなかで、そうか、廃墟も変るのかと、暗然としていた。風化しない思想の根拠地を作るという発想が生れたのはその瞬間である。

翌日、佐世保の夕べ、ともに酔い語らうために集まった仲間の面々に私は構想の如何を問い、双手をあげて賛同する人々のあいだで、人間としての塾は忽ち具体的な内容を持つことになった。誰いうともなく勝海舟の海軍伝習所にあやかった名前が提案され、敷地や建物、それに要する資金繰りさえ早々に相談される始末であった。

数日後、私は「虹」発行者の河口憲三氏と同道して佐世保市長辻一三氏に面会して伝習所の趣旨を説明し、便宜をはかってもらうよう申入れをした。市長は即座に応諾、港の見える丘にある市有地三千坪の提供を約束された。

帰京すると私は直ちに設立委員会を発足させ、次の諸氏に名前を借りた。竹内好、橋川文三、大江健三郎、佐多稲子、野間宏、埴谷雄高。ゆくゆくは彼等を中軸にして、人間としての思想と芸術を崎戸廃鉱を望む場所で創出しようという希望を視野のうちに入れていたのだ。

現実の問題として「文学伝習所」の発足が今日まで遅れたのは、まさにその構想の大きすぎたところにあった。木造校舎ひとつ建てるにしても少い予算でできるはずもなく、やきものを焼く窯を作るにも簡単にはできない。当初の計画では同じ敷地にロクロをおく作業場を設営し、三河内の陶工・横石圭外兵氏にきてもらう約束を取りつけていたのだ。

とりあえずの資金をどうするか。八方に奔走してどうにか資金面の目算がつきかけたところに、例の石油ショックではどう仕様もない。引き終えた図面を実現するためには時期を待つより仕方がなかった。

そして去年もおしつまった十二月下旬、見知らぬ人からたてつづけに伝習所のその後を問う長距離電話がかかってきた。静岡の女性と小樽の青年からであったが、受話器をおいた後、何かしらもの悲しげな情熱に私はうたれた。かたちに捉われず、ありのままの姿でなら明日からでもやれる。器も何もない、私ひとりの「文学伝習所」はこうして誕生したのである。NBC学園の好意にあまえて第一期（八月一日より六日まで）はとにかく町中のビルで開講するが、条件が許さぬ場合、今後は海辺に蚊帳を吊ってでも続けるつもりだ。

趣意書にも明らかにしたように、文学伝習所の目的は「他者の自由をよろこび、不幸を感じとるこころ」を決してはなさぬところにおかれている。それこそが文学の根底における優しさであり、人生の感動と芸術をひとつの魂として把握する作業なのだ。

短い期間で何ができるか、といわれれば返す言葉もない。しかもそこに集まった人間が、「文学とは何か」の根元を問いつくせば、少くとも自分の立つ場所はつかむことができよう。教えることはできぬが習うことはできる。教師と生徒の関係ではなく、文学伝習所は飽くまでも、他人の痛みを痛みとする場でなければならない。

朝鮮戦争の時期、一九五〇年から五三年迄、毎週月曜、私は佐世保で文学研究会を開いていた。当初、私ともうひとりだけの出席という場合さえあったが、やがてそれは強靱なグループに発展した。現在いい加減に頭も薄くなりかけている世代だが、お互いそこで格闘した言葉をいまだに忘れることはできぬ。

いわばもうひとつの青春を試みるのだが、果して何処まで激しい息吹きに耐えられるか。「悪霊の時代ともいうべき状況のなかで、文学は深底から洗い直さなければならず、考え、読み、そして書くという連関する行為に、これまでとは質の違った新しい息吹きを与えねばなりません」（趣意書）とは、むしろ自分につきつけた批判である。

予定していた第一期生三十名は、応募者の勢いにおされて枠外を認めざるを得ず、ようやく五十名で打ち切った。いくら荷が重すぎようとも、出発してしまった以上、やり抜くしかあるまい。

2

この夏、佐世保市で「文学伝習所」を開く。勝海舟の海軍伝習所にあやかった名前だが、学校形式にとらわれない、人間の砦としての心をそこにこめたのである。

「子供の教育ひとつ考えてみても、一切が反人間的な時間を組込まれており、いわば他人を蹴落す方法を研修する受験教育のシステムを軸にして構成されています。／恐らく今のような状態が続けば、他人の痛みを痛みとする人間など絶え果ててしまうかもしれない。受験体制のみに限らず、われわれを取巻くすべての状況が、それを強いているからです。」

設立のための趣意書に私はそう書いたが、文学とは「他人の痛みを痛みとする」優しさを胸いっぱいに抱える芸術なのだ。反人間的な権力に抵抗する詩人の逮捕を黙認し、強制収容所の存在すら目を閉じてしまう表現は、文学と最もかけ離れる汚れた活字にすぎない。

ことわるまでもなく、文学は出版社や文学賞のためにあるのではなく、十万部売れる本が三千部しか捌けない小説集より価値が高いという基準は何処にもない。いや、人生の真実を求める芸術の方法としては、むしろ、逆の関係がそこにおかれよう。

「文学伝習所」は、あくまで人間としての想像力を養う。教師が生徒に教えるというのではなく、そこに集う人々が互いにそれを求め合うのである。

予定していた第一期生は、応募者の情熱におされて枠外を認めざるを得ず、ようやく五十人で打ち切った。生徒たちの年齢と職業は千差万別。横浜の小学校教師から広島の古美術商、東京の地方公務員、二児を持った三鷹（東京）の主婦等々に及ぶ。

年齢は十八歳（早大生）がいちばん若く、五十五歳の女性（会社事務）が最年長者である。地元佐世保市在住者は十一人。あとは東京や大阪、神戸を含む各地。伝習所経費として要する七千円のほかに旅費、正味一週間の滞在費を合わせると一体いくらになるのか。当初私の頭には佐世保を中心としてせいぜい九州一円の範囲しか入っていなかったので、そのへんが心苦しいところだ。

遠距離の応募者を断われなかったのは、文字通りその熱意にうたれたためである。第一期生の募集要項には「原則として申込順」とあり、四百字一枚の作文「私について」の提出を条件としているのだが、それを読みすすむうち選択するなどとても不可能に思えた。求められたものには答えなければならない。伝えることは恐らく期待されるものの半分にも満たぬだろうが、彼等の胸底に秘めた響きと怒りを受けとめることはできる。

応募者の気持を紹介するために、「私について」のなかより手当り次第に抜いてみよう。

「今日も鏡を覗く。女は日に幾度鏡を覗きこむだろう。或時は髪の乱れを直すために、或時は自己満足を得るために。……」（二十六歳の女教師）

「私は幾度も職業を替えた男です。当然私は幾度もボスたちを前にして〈私について〉を語らされ

た男でもあるのです」（二十四歳の工員）

「貧乏な百姓の四男、この人間のゆくすえは、出生と同時にほぼ決まっていたようなものであろう。学問を志すこと、いや、もっと身近に書物に親しむことすら否定する。そんな環境が少年期の間ずっと続いた」（四十二歳の農協勤務者）

「才能の問題は、できるだけ考えないことにしている。……その問題が頭に浮かび始めたときは、手当たり次第に本を読み、ノートに文字を連ねる」（一八歳の学生）

「文学伝習所の募集要項を手にして私は正直おじけづきました。主婦業二十年、文学の魅力だけで飛びこむのは無理ではないでしょうか。それでも申し込むのは佐世保に住んでいては二度と得難い機会を失いたくなかったからです」（四十五歳の主婦）

おじけづくのはむしろ私の方であるかもしれない。応募者全員の「私について」は、生活と格闘する重い感情にあふれていて、この人たちの望むものをどんなふうに伝達すればよいのか、果してそれは可能なのか、身震いするような緊張にさいなまれるのだ。

「あらかじめ読んでおく必要のある小説」として、ヘミングウェイの『白い家の見える丘』やトルーマン・カポーティの『ミリアム』、野間宏の『崩解感覚』等々にまじえて、私は自作の小説三篇『地の群れ』『辺境』『未青年』をあげているが、生徒たちの仮借なき批判にどれくらい耐えられるだろうか。

佐世保港から船で約二時間、少年の頃私の住んでいた崎戸廃鉱の納屋跡には、いま一面に野薔薇が咲き乱れているはずだが、可能なら伝習所の一日をそこに過ごしながら無人の炭住を舞台とした『妊婦たちの明日』を素材として、現実と虚構の関係を心ゆくまで語ってみたい。

附・「文学伝習所」趣意書

いま日本民族は、人間として内部から崩壊しようとしています。水と空気を蚕食しつくしてとどまるところを知らぬ列島の汚染に見合うかのように、そこに生きる人々の思想と心情が、荒廃の淵に立たされていることを認めないわけにはいきません。

戦後三十年、戦争の傷痕を回復し、繁栄の道を求めてひたすら歩いた足どりそのもののなかに、それは胚胎していたといってもよいでしょう。

子供の教育ひとつ考えてみても、一切が反人間的な時間を組込まれており、いわば他人を蹴落す方法を研修する受験教育のシステムを軸にして構成されています。

恐らく今のような状態が続けば、他人の痛みを痛みとする人間など絶え果ててしまうかもしれない。受験体制のみに限らず、われわれを取巻くすべての状況が、それを強いているからです。

他者の自由をよろこび、不幸を感じとるこころ。それこそ文学の根底における優しさでしょう。しかし文学もまた商業主義の頽廃と風化から免れてはおらず、如何に生くべきかという言葉より恥部のみをくすぐる読物におし流されているような現状です。文学とは何か。それは人生における真実とは何か、という問いにかさなり、また、人間のよりゆたかな自由への道を切りひらく方法ともいえます。

文学とは何か。その問いを手放さず、問うて問うて問いつくす場所。文学伝習所を創立する意味はまさにそこにおかれています。

悪霊の時代ともいうべき状況のなかで、文学は深底から洗い直さなければならず、考え、読み、そして書くという連関する行為に、これまでとは質の違った新しい息吹きを与えねばなりません。

文学伝習所は何をなし得るか。われわれはやがてその具体的な内容と計画を明らかにしますが、むろんそれは安易な技術主義や職業コースに堕したものではなく、人間の根拠地としての、熾烈な過程を持つはずです。

教師と生徒の共同作業、人間的な連環の場としての文学。伝習所は何よりもそれを望み、おざなりや日和見、みえすいたスローガンに徹底的に抵抗します。

日本列島の西域に、文字通り自分の村を作ろうではありませんか。文学伝習所の足どりはそれこそ試行錯誤の未来に通じていますが、決して失敗を恐れず、われわれは一歩を踏み固めたいと心を決めています。

どうかみなさん、文学伝習所の創立に力をかして下さい。西域の拠点は誰のものでもなく、そこに集い、人間の自由な運命を選ぼうとする人々、みんなの激しい叫びによって生れる学校です。

涯子へ

阪口涯子《がいし》は流浪する戦闘者である。或いは撃たれたる人といい換えてもよい。それはむろん「老ゲリラ無神の海をすべてみたり」・「蒼穹に人はしずかに撃たれたる」という作品をそこにおいていうのだが、言葉だけのかかわりではなく、数十年をへだてる秀作の間に放たれる苦渋にみちた表現者の苦闘は、文字通り文学に撃たれた人間の苛烈な生きざまに裏打ちされていよう。

一九五一年夏、朝鮮戦争の渦中、涯子から手渡された『北風列車』の頁を、夜店通りにある旧第一中央館の休憩時間に、私はめくった。白い簡素な表紙にくるまれた句集をふたたび開いたのは、製氷会社の前の錆びた栈橋である。これは廃屋でひもとくべき文学なのだという戦慄に似た思いがわが身をゆさぶったからに他ならぬ。

苦力の子母の肩なる荷をなぐさめ
巻ぶとん並べ税吏の指をおそれ
苦力群れ曠原北に乾燥せり

ちよろずのかなしみの雪ふる島あり

数年後、私はそれらの句を小説『ガダルカナル戦詩集』に「長崎医科大学附属看護婦養成所事件」の厭戦俳句として登場させているが、今、自作ノートや日記を検証すると、一九五七年から五八年にかけて、随所に涯子の句への幼なき批評を試みていることが判明する。

〈「海も河もしんしんと凍りわが喪章」・「ひとり葬りぬ氷片浮ける蒼海のほとり」・「にんげんの死蔓草のごときものをのこし」（凍河㈡）と（辺陲にて㈡）を並べてみよ。「碧落もしんしん凍る木の下よ」・「冬天のもとの木椅子に寄らんとす」・「施療行冬木の繊さ天に描かれ」……喪章にこめられた感傷をとるか、それとも木椅子の硬さをよしとするか。作としてはむしろ木椅子に及ばず。氷片浮けるに一瞬、作意の様式を思うは、矢張り「リアリズム」に災いされるか。……（略）〉（一九五七年秋、ノート）

それでいて、五八年春に発表した『ガダルカナル戦詩集』の表紙に、「辺陲にて」一連の句を使用しなかったのは、木椅子の硬質をあえて避けたのかもしれない。

「昭和十三年」より「昭和二十四年」まで、いわば遠く去り行く漁火を見送る孤独者の憂愁こそ、この句集に点滅する灰褐色の影をひきずる標灯である。

ＬＯＮＧ之章の冒頭、「落日にこたえる落日いろのじゅうたんなし」と口ずさむ詩人の目の冷たい痛ましさをみよ。

門松の青さの兵のズボンの折目の垂直線のかなしい街

定型も反定型も非定型すら無視せざるを得ない、涯子のひよわな魂。強靱とはどうあってもいいくるめることのできぬ長い昼は、恐らくこの句を境に、一瞬のうちに傾くのであろう。すると誰かがいう。

六月の薔薇、大連にいたエミリーを悲しむ

中之章四五句もまた、「青い花無く粘土の夏の夜学生」という慕情に似たやさしい叫びに包まれている。

ふかい木目の垂直の家友ら消え
学虚しそれから電車走らせる

燃焼しつくした作品であろう。だが涯子の胸奥にはつねに、燃えつきることのない「こんとん」としたものが沈澱している。彼の作が突如として、殆ど信じられない位の青春の焦燥感にさいなまれるのは黒々とした胸のなかのつぶてを、一気に放とうとする時だ。

「エンタープライズの橋」五句は、涯子の句が歴史の階段を、上昇も下降もならず、ただ立ちつくすのみの姿である。作品もまたそれ故に身動きもできず、熟していない。

若い樹の花満開の泣いている橋
ドストエフスキーの斜めな灯柱橋蒼ざめ
凍海のくやしい過去の自分たち
白い杖のまわり鉄片ふりつづける
黒潮はてる街の無名なしずかなデモ

黄沙すすりなく全く個人的な男、という激しい想いを彼方に配しているのだから、一層エンタープライズへ接近する短絡さが目立つ。

流浪の果て、彼は砂丘に匍いつくばう草花をいつくしみながら海原を望むが、握りしめようとすればする程、砂は指の間から落ちこぼれる。無残な時刻はすでに足許までしのび寄っており、つかみかけたかに見える太陽は蒼ざめるのみ。神は「ちっとも」答えないのである。

砂の章はひときわすぐれて虚無的であり、フォークナー流にいえば、響きと怒りにみちあふれている。

求めようとしないからこそ、神は答えないことを、涯子は知りつくしている。

どろんと赤道直下ちっとも神答えず
首かざりのような夜景のひとり士官

「ちっとも」は、地球の重さをはかろうとする不逞な涯子の計算である。彼にとっての慄えは、神の存在ではなく、醜と美を紙一重にしぼる現実そのものである。

旗に咳し砲に咳して白瀑布
れんぎょう雪やなぎあんたんとして髪だ

〈れんぎょう雪やなぎ〉を例にあげながら、涯子自身、創作の根底となるべき方法について語っているので、少し長くなるが引用してみよう。

ぼくの口語表現というのは、さっきもいいましたが、ぼくの血液に近いようなものが前からあった、ということが一つ前提にあると思うんです。それから、長い口語俳句のトンネルを通って、全部口語でやろうというような野望をいだいて、口語俳句の世界で悪戦苦闘して、結局無駄な努力を十数年重ねて、実りなきものを実験したというその結果が、しかし、ある意味では自分のプラスにもなったと思いますし、なるたけ口語的な表現というか、発想というか、表裏一体のそういうものになって、そして仮りに〈れんぎょう雪やなぎ〉という、あれは、リズムは、九七三ですか、九七三というのは合計したら、十九音か、十九音というのはそれほど長くはないが、リズムは五七五原型から、かなり離れたという感じがあるから、ほかの人はリズムの堕落だというかもしれないけど、ぼくは、自分自身の身についたものでなんの抵抗もないですね。ぼくにとっては、リズムとは内側にあるものであって、外側にあるものではない、ぼくのリズムはぼくだけのリズムであって、それはもうすでにフォルムというよりはむしろぼくのスタイルだと、そういう風な感じなんです。スタイルというい方のもう一つ内側には北川冬彦だったですか「リズムは思想だ」という、そういう考え方にいま立っているわけです。〈れんぎょう雪やなぎ〉の句だって、自分としては、スタイルと、大きい意味の思想と表現が一体となって、結局自分自身であって、五七五からはるか遠ざかったという抵抗は全然感じていない。ぼくのいまの作品、みんなそうだと思っているんです。

「リズムは思想だ」という考えには、リズムこそ思想に通じる一種の甘さがあり、にわかに頷き難いのだが、涯子の実作はむしろそういう言葉で拘束できぬ文学としての自由な呼吸が脈打つ。

海辺にてあしたのことも解りますの
からすはキリスト青の彼方に煙る
胸にラッセル逃亡の一獣群写り

海辺に佇む人はきっとやさしさのあまりに明日を望んでいないのである。黒い十字架と化したからすは、裏切者たちを嘲笑するかのように、ただ一羽離れて中空の青に消え行く。

それらはゆるぎのない情景であり、優に小説一篇の秀作に比肩し得よう。にもかかわらず、これをも文学的過ぎると批評すれば、それこそ散文作家の現代俳句に対する偏見であろうか。

つまり、どのようにも解釈できる方法と表現から、ついに逃れられぬ運命を、阪口涯子もまた背負っているといいたいのである。からすの句について「想念の色調」をみる金子兜太のみごとな鑑賞をわれわれは知っている。〈老ゲリラ無神の海をすべてみたり〉を「非情を知り尽しての感受」だと受取る堀葦男の解釈は、それなりに筋が通っていよう。「砂」を主題にした作に対する八木原祐計の批評にも反撥を覚えない。しかも、なお私は潟に身を果つるという涯子作への印象を拭い去ることができないのだ。

涯子の文学精神は代表作を遥かに越えて「青の彼方に煙る」ものではないのか。

蒼々と猫族翔べり俺の旗

橋川文三との友情

寝てもさめてもコリン・ウィルソンについて橋川文三と「ケンカ」した一時期がある。私自身、C・ウィルソンをそれほど好きではなく、どちらかというと嫌いな部類の作家に属するのだが、橋川があまりにもその「俗物性」を全否定するので、言葉の行き掛り上、ついそういうことになってしまったのだ。

橋川が最も反撥するのは見せかけの「アウトサイダー」で、刺激性のみを上塗りした文体を持つ思想家や文学者をいちばん軽蔑していた。

『現代批評』の同人（一九五八年、奥野健男、武井昭夫、吉本隆明、清岡卓行、橋川文三、島尾敏雄、佐古純一郎、瀬木慎一、井上光晴）として出会った私たちが親交を深めたのは、一九六五年、世田谷区に新設された桜上水団地に居住するようになってからである。私の家が補欠第一号、橋川家は確か百何番目かの順位であった。当時としては比較的高い額の頭金が必要だったので辞退者が続出したのだ。同人の頃、おめにかかっていたすばらしい夫人との行き来も、ここから日常的になった。

およそ八年間、殆ど毎日私たちは顔をつき合わせていた。実力伯仲の碁を唯一の似通った条件として、とにかく人間成分の何もかも正反対であったのが、かえってよかったのだろう。しかも世界が変動し事件が起るたびに、二人は対立していた。大凡《おおよそ》のところで妥協できない橋川に、それならそれでと居直る私の姿勢が、ひとつの問題に何十日も続く「論争」のコースであった。中国における文化大革命と、三島由紀夫の自死についての果てしのない「紛争」に業をにやしたのか、珍しく橋川は声をあらげた。

「小説を書く頭と、もうひとつ別の頭を持っているんだね、井上は」

三島由紀夫の選んだ死に、醜悪の意味しか与えない私の立場を、彼は到底受入れることができなかったのだ。三島美学への批判は批判としながら。

正直にいってどのような「ケンカ」や「論争」、或いは「紛争」の渦中にあっても、私は相対する橋川の思想と人間に対する優しさを信じていた。彼の秀抜な処女作『日本浪曼派批判序説』から、いまアットランダムに引用すると、たとえば次のような「解釈」への解釈である。

〈保田与重郎は大和の豪商の息子なんだな。こういう意識をよく出している。あれはいやらしい。美意識の点からいっても実にいやらしい。太宰も大土地所有者の息子だ。一方は罪の意識、一方はそれに甘えている意識」（「近代文学」一九五四年十二月号所収座談会）。

この荒（注・文芸評論家の荒正人氏）の解釈はたしかにスッキリしている。保田が「甘え」ており、太宰が「罪の意識」にきりきりまいしているという断定は、この二人のロマン派をその存在拘束性において共通に処断している。あとくされのない解釈にはちがいないが、その「甘え」「罪悪感」はたんなる漫罵《まんば》ととれなくもない。なぜなら、おそらく荒が正統な美意識の源泉として想定しているであろう「市民精神」そのものの頽廃《たいはい》過程から、はじめてこれら二人の美意識も文学も生まれているのであり、問題をそれ以前のところで処理しようとすることは、実際にそぐわないだろうからである。〉

あまりにも整然とし過ぎる橋川の論理にこっちが業をにやすと、私はもっぱら「第一高等学校、東京帝大法学部卒」の同窓意識を攻撃した。一高時代の友人の発した五百万円の不渡りを前に、急遽集った大の男五人が腕を組んでいる図なんてざまあないよ、と私が罵倒すると、つねに眉間にしわを寄せて、正面から弁明を試みる橋川の様子をみながら、溜飲を下げたのだ。

時折りそれが裏目にでる場合もあった。ある夜、あまりに落込んだ相手の様子をみて、逆に慰めるはめになったのである。

「そういえば一高生の世話になったことが一度あるなあ。昭和十九年秋だったかな。微積分の参考書を青山の書店に買いに行って、一高の在学証明書がなければ売らないといわれたんだ。妙な話だが、配給の関係でそうなっていたんだろう。それでおれは道玄坂まで戻って一高生にわけを話して頼んでみた。そしたらあっさりと、それじゃ僕が行ってあげましょうと引受けて、わざわざ青山までついてきてくれたよ」

その時、実にうれしそうな顔をして橋川は頷《うなず》いた。

死の六日前、橋川は私の家にきた。私の長編小説全集に挟む月報の原稿を直接届けようとしたのである。自宅の横浜青葉台からほぼ五時間もの時間をかけて。普通に乗継げば一時間の距離を、乗換駅を間違えて遠廻りしたのだ。京都講演のために私が不在中だと知りながら、パーキンソン氏病にかかわる不自由な足をわざわざ運んできたのは、それこそ橋川の心底をこめた今はの友情であったろう。

私の長女、荒野が小学一年生の冬。

「ああちゃん、ここにおいでというんでいったんだ。六号棟の前の庭です。そしたらおじちゃんが木をゆさぶって雪がばさっと落ちた。頭はまっしろ。おじちゃんはげらげら笑っていたよ……」

いまはっと思い出したが、いくら教えても橋川は宙返り専門の紙飛行機を作れなかった。

一九八九年秋の心境

この夏、私はS字結腸の腫瘍を手術するため、ちょうど三十日間入院した。持参した本は源信の『往生要集』（日本思想大系、石田瑞穂注釈）、ブルーノ・シュルツ『クレプシドラ・サナトリウム』（工藤幸雄訳）、ジョン・アップダイク『カップルズ』（宮本陽吉訳）などであった。

前触れもなくわが身にふりかかった状況を直視すべく、『往生要集』に展開される『地獄篇』を見極めようとしての源信。シュルツとアップダイクは、この際慣れ親しんだ同伴者に、慰めのひとつもかけて貰いたかったのだ。

そして結局、退院までのあいだ、私は一頁もそれらを開かなかった。活字に接したくないというより、とにかく魂のすべてが垂直に立ちはだかる気色で、そのくせ何を考えるのも億劫だったのである。とはいえ、点滴を終えた深夜の病室にひとり体を横たえていると、さまざまな思いに苛まれる。第三次『辺境』十号の終刊と入れ違いに、旗揚げしたばかりの季刊誌『兄弟』をどうするか。

北海道の大地を踏まえながら、気位のみを生き甲斐とするシベリア風の雑誌に登場していただきたい人々のなかには、一筋縄ではいかぬ思想と感覚の持主がいっぱいで、編集者として直接話をしなければ、なかなか書き手の心をつかむことができない。病室における焦燥はそこにも生じた。『辺境』と違ってまったくスポンサーを持たぬ『兄弟』は、赤字が積もると当然発行は渋滞しよう。手当てをするにも身動きできない無念さと、「日本の民芸特集」などの大きな構想の狭間で、ひたすら医師の顔色を窺いつつ。

創設以来十二年目を迎えた文学伝習所の行き方も、考えつくさねばならぬ現実の問題であった。手術日の前後に予定していた佐賀と函館の伝習所ではかるべく、寺子屋に戻るというような変革案を私は準備していたが、それをも宙に浮いてしまったのだ。「書く意味」と世界の関係をとことん追求する身構えを初心にした、文学伝習所の方法を、より自由にする手だてを何によって求めるか。――などといえば、きこえはよかろうが、文学伝習所とはそもそも何だったのだろうか。

続けるだけが、能ではあるまい。自身の仕事を抜きにして、どんな「村」を構築しようというのか。各地から送られてくる見舞いの花束を前に、「あと十年生かしてくれませんかね」と、信じてもいない神に、わざとらしく祈ったりした。

十年が無理なら、あと五年でもよいのだ。そうすると、未完の長篇（『長く歩いた後』『連行寺達雄の告白』『自由をわれらに』『日本改造法案大綱』『左岸』など）の大半を仕上げられよう。その場合、現在執筆中の『暗い人』との関連はどうなるのか。

三年がかりの新しい主題を放棄すべきか否かの問いも、むろんそこに含まれよう。かと思えば、天台寺秘蔵のどぶろくをかたわらに、生涯の名作を一篇、取りあえず仕上げておくかと、俗臭ふんぷんたるスケジュール作りに、案外本気になったりするのだ。

共産党を解体した「ハンガリー情勢」に信じられぬ目を向ける戦中派の「党員」と、天安門の虐殺を鄧小平側に立って分析する「思想家」の存在は、明日の劇と、今日の劇中劇にとって、それこそ恰好の主人公になろうが、「大いなる幻影」を表現すべき時間を、果たして私に与えてくれるかどうか。

錦江飯店の一夜

野間さんのホテル内電話は、毎晩決まって十時三十分から五十分頃までのあいだに掛ってきた。起きているなら話しにこないかという呼びだしであったが、毎晩のことなので、自然に待機する姿勢になり、早寝するわけにもいかなかった。

一九八二年暮、野間宏を代表とする日本文学者代表団は、小田実、真継伸彦、篠田浩一郎、井上光晴をメンバーとして、中国の北京、上海、南京、無錫などを訪れていた。どの都市のホテルでも変りなかったが、上海の錦江飯店にきて、深夜の対談は一層色濃く、深い語りになっていたのである。

その夜、必需品のオールドパー、大皿に盛った氷片を持参して厚いドアを押すと、野間さんの様子は普断と違うように感じられた。まず、毎度の氷片調達にともなう苦労をねぎらい、中国に渡ってからの食べ物のせいか、宿便がでたような気がすると、何時になく晴々とした声をだされたのだった。

ついでにいっておくと、中国でオンザロックスの氷片を手に入れるのは大変なことなのである。北京でも上海でも、水道の水は飲めないので、沸かしてあくを取り、冷蔵庫で製造するその手続きがいかにも面倒なのだ。室内係と冷蔵庫担当者、コック長などへの相応の心づけが必要なのはいうまでもない。

それより数年前、広州、桂林を旅行した折り、灕江を望む飯店のカウンターで、「我的必要氷片」と日本式中国語（?）で記し、「我的労働者時間外労働禁」と、これまた中国式日本語（?）で返答されて以来、私は中国氷片の専門家たることを自負しており、錦江飯店でも忽ちそれを可能にする人脈ルートを見出していたのだ。

「悪女についての話をしませんか」

「いいですね」私は何となく、ぞくっとしながらこたえた。

一九七九年、季刊誌『使者』の発刊後、野間さんの話は大凡、文学と環境汚染にまつわるテーマに限られていて、たとえ酒場のシートボックスであってもそれを離れた試しがなかったのである。

「これこそ悪女だ、という経験をあなた持っていますか」

「それはないような気がしますね。つまらない女と悪女は違うわけだからな。……野間さんはあるんですか」

「僕はありますよお」野間さんは語尾を長く引っぱった。

これはきくしかないと思いながら、私は黙っていた。

「人間を化かす。作家も俳優も、悪女は化かします。こーんと鳴くと、人間の魂がふわっと浮く。抑えようとしても抑え切れませんよ」

野間さんはそこで、は、はと笑った。

「具体的にいうと、どんなふうに化かしますかね」

挑発的ないい方をしたが、私にむろん悪意があるわけはない。ただ、話のつづきを大人の意識が明瞭なうちにききたかったのだ。というのは、先程の笑いと同時に野間さんが最初の睡眠誘導剤を服用していたからである。それから数分後、口に含まれる二粒目の小さな錠剤によってベッドに横たわる刻々をはかるのだが、そのタイミングが難しいのである。

私を部屋に招く野間さんの目的ははっきりしていた。完全な睡眠に至るまでの階段を、私の八百長的な反論に支えられながら、ひとつずつ上がって行くのである。野間さん自身、それを隠さなかった。

「『カラマーゾフの兄弟』に、グルーシェンカという女がでてきますね。あの女性の肉体と精神を分離してみるとよくわかりますよ」

「肉体の悪魔か。……」

私の冗談に、野間さんは珍らしく乗った。

「肉体の悪魔ならまだ救われるんですね。肉体の金銭感覚だと困るんだな、これが。処置なし。……」

「処置なしの女は、本当に処置なしですからね」私は相槌を打った。

野間さんはオンザロックスを啜り上げるようにして飲み、両の目は幾分うっとりとなった。悪女の話はまだ具体的になっていないのだが、催促するわけにもいかず、私はじっとしていた。

「〈肉体の悪魔〉は田村泰次郎の肉体シリーズでしたね。あの辺からぐっと彼は風俗小説の方に流れて行って後戻りがきかなくなった。……」

こりゃ駄目だ、話が逸れてしまう。心中で舌打ちする私の耳に、突然跳ね上がる声が響いた。

「箱型の部屋が、第一、第二、第三というふうに奥に真直ぐ並んでいるんですよ。第一の部屋を通らなければ第二の部屋に行くことはできません。……悪女は第五の部屋にいる。作曲家の男が真夜中に訪ねていきますが、第一の部屋にも入れて貰えない。玄関のドアを開けたところで拒否されてしまう。そこの中途半端な場所で作曲家は一夜をあかすんですが、悪女はコーヒー一杯運んでこない。……退屈ですか」

「いいえ。つづけて下さい」

「うまく書ければいいんですがね。ソ連にマトリョーシカという人形があるでしょう。あれの逆なんだ。第一の部屋は小さいんだが、それにすっぽりかぶせたような第二の部屋があって、しかも全体が立方体になっているようなマンションを、いま考えているんですよ。……」

「僕はまた現実の出来事かと思っていました」

「谷間のところを考えてるんだなあ、僕は。……」

「虚構と現実の谷間ですか」

「そうそう、虚構の谷間ですね」野間さんの口許にえくぼができた。

それから女性一般について、取留めのない話をかわしたが、野間さんはなかなか小さな錠剤を飲もうとしなかった。それのみか、またもや悪女論を始めようとする気配が見えた。今度は世界文学にあらわれる悪女の条件を分析しようというのだ。そうなってはお仕舞なので、私は懸命に、新宿の娼婦に入れあげている某作家のあれこれを披露した。

「冒険していますね」野間さんは殆ど感服するような声をだした。

「知らなかったんですか」

大人はゆっくりと頷き、顫える手でコップにウイスキーと氷を注ぎ足した。

「頑張ってるんだなあ、彼は」

「頑張っていますかね」

眠気を抑え切れず、私は口をふさいだが、野間さんは気付かなかった。作家は如何なる女性にも関心を持つべきだ、という大人の持論を知っていても、疑いのない正面からの肯定に少し引っかかりながら、私はふたたびあくびをした。

「どうぞ引取って下さい。遅くまですみません」

「かまいませんよ。どうせのことだから、その薬まで付合います」

「そうですか」野間さんはうれしそうな顔をしてつづけた。「悪女と娼婦は似て非なるものですね。娼婦は救われる魂を持っていますよ。……」

初出一覧

人間の生きる条件——戦後転向と統一戦線の問題　「近代文学」一九五四年一一月
グリゴーリー的親友『世界文学全集』第一集第四四巻　ショーロホフⅢ『静かなドン』（河出書房新社）「月報」一九六〇年一二月
ある勤皇少年のこと「朝日ジャーナル」一九六三年一二月一日
わたしのなかの『長靴島』「新日本文学」一九六四年四月
フォークナーの技巧「文学」一九六四年五月
私はなぜ小説を書くか「朝日ジャーナル」一九六四年五月三一日
芸術の質について——新日本文学会第十一回大会における問題提起「新日本文学」一九六四年六月
作家はいま何を書くべきか「週刊読書人」一九六四年八月三一日
『妊婦たちの明日』の現実「週刊読書人」一九六五年五月一〇日
アメリカ帝国主義批判——ソウルにいる友への手紙「潮」一九六五年五月
生きるための夏——自分のなかの被爆者「世界」一九六五年八月
なぜ廃鉱を主題に選ぶか——私の内面と文学方法「朝日新聞」一九六七年一一月一〇日
掲載されぬ「三島由紀夫の死」と「国を守るとは何か」「辺境」三号　一九七一年一月
コンクリートの中の視線——永山則夫小論　永山則夫『人民をわすれたカナリアたち』（角川文庫）

解説　一九七三年五月
高橋和巳との架空対談　「国文学」　一九七四年四月
埴谷雄高氏と私　「週刊読書人」　一九七四年七月一五日
顔　「文藝春秋」　一九七四年八月
モスクワのカレーライス　『平野謙全集』第一巻（新潮社）「付録」　一九七五年一月
大場康二郎　「波」　一九七七年三月
一九五六年秋　『中野重治全集』第八巻（筑摩書房）「月報」　一九七七年三月
「文学伝習所」のこと　「毎日新聞」　一九七七年七月六日
涯子へ　『阪口涯子句集』解説　一九七七年七月
橋川文三との友情　「文藝春秋」　一九八四年三月
一九八九年秋の心境　「東京新聞」　一九八九年一〇月二三日
錦江飯店の一夜　「群像」　一九九一年三月

著書一覧

＊単行本及び全集・作品集等を掲載し、文庫等での再刊本、各種文学全集への再録、共著等は除いた。

『書かれざる一章』　近代生活社　一九五六年八月
『トロッコと海鳥』　三一書房　一九五六年一〇月
『すばらしき人間群』　近代生活社　一九五六年一一月
『ガタルカナル戦詩集』　未来社　一九五九年三月
『虚構のクレーン』　未来社　一九六〇年一月
『死者の時』　中央公論社　一九六〇年九月
『飢える故郷』　未来社　一九六一年五月
『地の群れ』　河出書房新社　一九六三年九月
『井上光晴詩集』　一橋新聞部　一九六四年一月
『荒廃の夏』　河出書房新社　一九六五年一一月
『幻影なき虚構』　勁草書房　一九六六年六月
『眼の皮膚』　勁草書房　一九六七年一月

『乾草の車』　講談社　一九六七年六月
『九月の土曜日』　潮出版社　一九六七年八月
『清潔な河口の朝』　文藝春秋　一九六七年一一月
『階級』　講談社　一九六八年一月
『他国の死』　河出書房新社　一九六八年四月
『黒い森林』　筑摩書房　一九六八年七月
『残虐な抱擁』　講談社　一九六八年一二月
『気温一〇度』　筑摩書房　一九六八年一二月
『鬼池心中』　新潮社　一九六九年八月
『象を撃つ』　文藝春秋　一九七〇年六月
『辺境』　角川書店　一九七一年五月
『井上光晴詩集』　思潮社　一九七一年七月
『小屋』　講談社　一九七二年五月
『小説入門』　北洋社　一九七二年五月
『あの子たちの眠った日』　潮出版社　一九七三年四月
『岸壁派の青春——虚構伝』　筑摩書房　一九七三年五月
『動物墓地』　集英社　一九七三年六月
『心優しき叛逆者たち』（上下）　新潮社　一九七三年八月

『胸の木槌にしたがえ』　中央公論社　一九七三年一一月
『蒼白の飢餓』　創樹社　一九七三年一一月
『黒と褐色と灰褐色』　潮出版社　一九七四年四月
『黒縄』　筑摩書房　一九七五年四月
『丸山蘭水楼の遊女たち』　新潮社　一九七六年一一月
『荒れた海辺』　創世記　一九七六年一二月
『未青年』　新潮社　一九七七年四月
『反随筆』　構想社　一九七七年一〇月
『ファシストたちの雪』（上下）　集英社　一九七八年五月
『蜘蛛たち』　潮出版社　一九七八年一一月
『似た女　想う男』　新潮社　一九七九年三月
『新編　小説入門』　筑摩書房　一九七九年四月
『木の花嫁』　筑摩書房　一九七九年一一月
『曳舟の男』（上下）　講談社　一九八〇年五月
『憑かれた人』（上下）　集英社　一九八一年四月
『ゲットーマシンと33の短編』　文藝春秋　一九八一年四月
『新宿・アナーキー』　筑摩書房　一九八二年四月
『明日――一九四五年八月八日・長崎』　集英社　一九八二年五月

『結婚』　新潮社　一九八二年九月
『パンの家』　集英社　一九八三年三月
『プロレタリアートの旋律』　福武書店（『井上光晴長篇小説全集』第一巻に初収録）　一九八三年三月
『白鬼』　福武書店（『井上光晴長篇小説全集』第四巻に初収録）　一九八三年六月
『黄色い河口——22の小さな物語』　岩波書店　一九八四年四月
『一九八九年の挑戦者』　筑摩書房　一九八四年一一月
『ゲッセマネの夜』　福武書店（『井上光晴長篇小説全集』第六巻に初収録）　一九八四年一一月
『だれかの関係——40の短編集』　文藝春秋　一九八五年三月
『憂愁』　講談社　一九八五年七月
『大胆な生活』　岩波書店　一九八六年五月
『褐色のペスト』　新潮社　一九八六年八月
『西海原子力発電所』　文藝春秋　一九八六年九月
『神様入門』　文藝春秋　一九八七年一月
『サラダキャンプ、北へ』　筑摩書房　一九八七年七月
『地下水道』　岩波書店　一九八七年八月
『虫』　潮出版社　一九八八年六月
『小説の書き方』　新潮社　一九八八年八月
『暗い人』（第一部）　河出書房新社　一九八八年八月

『輸送』　文藝春秋　一九八九年二月
『流浪』　福武書店　一九八九年七月
『暗い人』（第二部）　河出書房新社　一九八九年八月
『紙咲道生少年の記録』　福武書店　一九九一年五月
『暗い人』（第三部）　河出書房新社　一九九一年八月
『病む猫ムシ』　集英社　一九九二年一〇月
『詩集　長い溝』　影書房　一九九二年一〇月
『自由をわれらに』　講談社　一九九二年一二月
『ぐみの木にぐみの花咲く』　潮出版　一九九三年一一月
『十八歳の詩集』　集英社　一九九八年三月

＊

『井上光晴作品集』（全三巻）　勁草書房　一九六五年一月〜六月
『井上光晴新作品集』（全五巻）　勁草書房　一九六九年一二月〜七一年五月
『井上光晴第三作品集』（全五巻）　勁草書房　一九七四年九月〜八〇年五月
『井上光晴長編小説全集』（全一五巻）　福武書店　一九八三年三月〜八四年一一月

編集のことば

松本　昌次

「戦後文学エッセイ選」は、わたしがかつて未來社の編集者として在籍（一九五三年四月～八三年五月）しました三十年間で、またつづく小社でその著書の刊行にあたって直接出会い、その謦咳に接し、編集にかかわらせていただいた戦後文学者十三氏の方がたのみのエッセイを選び、十三巻として刊行するものです。出版の一般的常識からすれば、いささか異例というべきですが、わたしの編集者としてのこだわりとしてご理解下さい。

ところでエッセイについてですが、『広辞苑』（岩波書店）によれば、「①随筆。自由な形式で書かれた個性的色彩の濃い散文。②試論。小論。」とあります。日本では、随筆・随想とも大方では呼ばれていますが、それは、形式にこだわらない、自由で個性的な試みに満ちた、中国の魯迅を範とする〝雑文（雑記・雑感）〟といっていいかと思います。つまり、この選集は、小説・戯曲・記録文学・評論等、幅広いジャンルで仕事をされた戦後文学者の方がたが書かれた多くのエッセイ＝〝雑文〟の中から二十数篇を選ばせていただき、各一巻に収録するものです。さまざまな形式でそれぞれに膨大な文学的・思想的仕事を残された方がたばかりですので、各巻は各著者の小さな〝個展〟といっていいかも知れません。しかしそこに実は、わたしたちが継承・発展させなければならない文学精神の貴重な遺産が散りばめられているであろうことを疑わないものです。

本選集刊行の動機が、同時代で出会い、その著書を手がけることができた各著者へのわたしの個人的な敬愛の念にあることはいうまでもありません。戦後文学の全体像からすればほんの一端に過ぎませんが、本選集の刊行をきっかけに、わたしが直接お会いしたり著書を刊行する機会を得なかった方がたをも含めての、運動としての戦後文学の新たな〝ルネサンス〟が到来することを心から願って止みません。

読者諸兄姉のご理解とご支援を切望します。

二〇〇五年六月

付記

本巻収録のエッセイ二五篇のほとんどは、エッセイ集『幻影なき虚構』（勁草書房　一九六六年六月）、『蒼白の飢餓』（創樹社　一九七三年一一月）、『反随筆』（構想社　一九七七年一〇月）を底本としましたが、これら単行本に収められていない数篇については、初出の各誌紙によりました。

なお、「初出一覧」「著書一覧」については、井上光晴『十八歳の詩集』（集英社　一九九八年三月）に収められている川西政明編「井上光晴書誌」を参看させて頂きました。末尾ながら記して深い謝意を表します。

井上光晴《いのうえみつはる》（1926年５月〜1992年５月）

井上光晴 集《いのうえみつはるしゅう》
——戦後文学エッセイ選13
2008年２月25日　初版第１刷
著　者　井上光晴《いのうえみつはる》
発行所　株式会社　影書房
発行者　松本昌次
〒114-0015　東京都北区中里3-4-5
ヒルサイドハウス101
電　話　03（5907）6755
ＦＡＸ　03（5907）6756
E-mail : kageshobou@md.neweb.ne.jp
http://www.kageshobo.co.jp/
〒振替　00170-4-85078
本文・装本印刷＝新栄堂
製本＝美行製本

乱丁・落丁本はおとりかえします。
定価　2,200円＋税
（全13巻・第11回配本）
ISBN978-4-87714-382-4